古典詩歌研究彙刊

第二輯

龔鵬程 主編

第3冊

大小謝詩之比較

朱 雅 琪 著

國家圖書館出版品預行編目資料

大小謝詩之比較／朱雅琪 著 -- 初版 -- 台北縣永和市：花木蘭文化出版社，2008〔民97〕

目 2+166 面；17×24 公分（古典詩歌研究彙刊 第二輯；第 3 冊）

ISBN-13：978-986-6831-24-9（全套：精裝）
ISBN-13：978-986-6831-27-0（精裝）

1.（南北朝）謝靈運 2.（南北朝）謝朓 3. 山水詩 4. 詩評

851.4351　　96016193

ISBN - 978-986-6831-27-0

古典詩歌研究彙刊
第二輯 第 三 冊　　ISBN：978-986-6831-27-0

大小謝詩之比較

作　　者　朱雅琪
主　　編　龔鵬程
出　　版　花木蘭文化出版社
發 行 所　花木蘭文化出版社
發 行 人　高小娟
聯絡地址　台北縣永和市中正路五九五號七樓之三
　　　　　電話：02-2923-1455／傳真：02-2923-1452
電子信箱　sut81518@ms59.hinet.net
初　　版　2007 年 9 月
定　　價　第二輯 20 冊（精裝）新台幣 28,000 元

大小謝詩之比較

朱雅琪 著

作者簡介

朱雅琪，民國五十五年生於台灣省台中市。國立台灣大學中文研究所碩士、國立台灣師範大學國文研究所博士，曾為元智大學兼任講師，現為中國文化大學中國文學系文藝創作組副教授。以詩學、文學理論及時空美學為主要研究方向，著有《大小謝詩之比較》、《魏晉詩歌中的審美意識》、〈杜甫題山水畫詩之審美意識〉、〈記憶中的城市——《洛陽伽藍記》中的時空建構〉、〈謝靈運山水詩中的審美經驗〉、〈從〈山居賦〉看謝靈運始寧棲隱處所的選擇哲學——一個文化思想史的考察〉與〈從遊仙詩論郭璞眼中溫州境域的意義〉等論文。

提　要

謝靈運與謝朓由於皆以山水詩聞名，且為族人之故，向以大小謝並稱。一般皆認為小謝是大謝山水詩的繼承者，然而事實並非如此。小謝之山水詩自有其獨特的風貌，且對唐代的自然詩有極大的啟發、影響，比較二謝之詩，不但可看出山水詩在演進過程上的一些轉變痕跡，亦可看出元嘉詩體與永明詩體的異同。而二謝同為陳郡陽夏謝氏族人，王謝世家在當時政治、社會上有著極為崇高的地位，個人的一切莫不與家族密切相關，故本文特以家族興衰的觀點配合個人之生平、性情來透視二謝詩歌中的情思，期能給予二人詩歌內涵更為豐富深刻的詮釋。本文首先探討陳郡謝氏之盛衰歷程與其家風、家學，進而分析二謝之生平、交遊與性格，期能對其詩歌之重要背景資料有詳細而深入的認識。次則比較二人詩歌內容的同異，並分析其成因及作者的心理狀態。再從用典、聲律、對偶、特殊技巧等方面之對照，凸顯二人詩歌形式上的特色。又因山水詩是二謝在文學上的重大成就，故另立專章加以討論，詳細比較二人山水詩在景物描寫，情景關係的處理與章法結構等方面的異同。

目錄

第一章　緒　論

謝靈運與謝脁皆以山水詩聞名於世，且同爲陳郡謝氏族人，世以「大、小謝」並稱。一般都認爲小謝是大謝山水詩的繼承者，然而事實上並非如此單純，小謝之山水詩自有其獨特的風貌。且綜觀兩者詩作，有共同點也有相異之處。大小謝雖不曾相遇、亦分屬不同輩份，然在內容方面卻具有高度共通之處，諸如「仕與隱的矛盾」、「儒道並蓄的政治理念」以及「歎逝的情懷」等共同主題在兩謝作品中可謂俯拾皆是。但二人詩作中仍有各自獨特的情思：大謝之詩充滿了渴慕知音的孤高感受，小謝詩作則處處呈現出害怕危厄的憂懼感。此外，靈運與脁雖同處南朝唯美文風盛行之時代，詩歌風格不免受競騁文辭、以藻豔相高之風尚影響，但兩者在用典、對偶、聲律等形式技巧之運用上仍有各自之特色。因此，小謝爲大謝繼承者之說顯然是值得商榷的。事實上小謝之詩作風格反而是與唐代的王、孟詩派有更爲直接之關係，對後者具有極大的啓發與影響，可說是後一詩派的開啓者。

大小謝雖同生於紛亂的時代，有著對時代性敏銳反應的共同文學創作特徵，卻仍有著各自的特色，透露出詩歌創作細微的遞嬗過程，是以，值得加以比較研究。吾人因而不禁要問，大小謝的詩作在內容與形式上爲何會具有共同之處、卻又各具特色呢？其共同處何在？相異處何在？具體內容爲何？就當時階級分明的政治社會背景而言、就詩歌在當時文學承傳所扮演的角色而言，這些共同與差異之處所代表的意義何在？吾人又當從那些角度探析方能較爲清晰地釐清這些問題？

詩歌可說是一個時代精神的反映，大小謝詩之所以具有共同之情思，或許可從二人皆處於南朝同一紛亂時代這個線索中，尋獲些許的蛛絲馬跡。六朝是個世族與寒族階級十分分明的時代，門戶出身往往決定了一個人日後的成就與地位，詩歌既是時代的心聲，與政治動亂中社會階層地位之變遷、以及既有社群在此過程中獨特的因應方式便脫不了關係。就大小謝的例子觀之，兩人詩歌中共同情思的展現，顯然糾葛了晉末至宋齊之際世族與皇權消長的政治社會過程，並牽涉了個別家族身處在此潮流中的獨特因應之道。陳郡謝氏在當時政治、社會上有著極爲崇高的地位，其家世特色、尤其是處世哲學與文化特質、以及因此所肇致的共同命運，顯然對大小謝詩作中共同特色的形成有關鍵性的影響。事實上，二謝的一生莫不與其家族的境遇有著密切的關係，兩者之詩作，與當時整個政治社會變遷中世族角色之衰微更是脫不了關係。因此，從政治社會變動以及家族興衰的觀點去分析大小謝的作品，對瞭解兩者詩作的意涵無疑是十分重要的一個面向，藉此吾人方能一窺兩者詩作中何以具有共同特徵的深刻意義。

大小謝的詩作有共同的情思，卻也有獨特的內容。二謝詩歌獨特情思之所以形成，兩者不同的經歷、交遊狀況、以及性格與對世事獨特的因應態度，實具有關鍵性之影響。兩者雖同爲陳郡謝氏成員，雖共同背負了家族衰微的命運，卻有著截然不同的心態與反應。陳郡謝氏自謝琰、謝混、謝晦等相繼被殺後雖已正式邁入衰微之期，然而靈運在世時，尙屬家道中落不久之際，且仕途不順、懷才不遇，加以狂放不拘、任性縱情的個性與態度，詩作中自然反映出激越不平之情。而謝朓身處家道更加衰落之境，一生又多陷政治漩渦之中，加以素來畏縮逃避的個性，因此對家族或一己生命的感受便蒙上了一層憂懼晦澀的陰影，帶有哀怨的詩風所體現的即是如此的弦外之音。是以，有必要從兩者之生平、交遊、性格等方面作一剖析，方能理解各自特色形成的緣由。

此外，大小謝分屬於元嘉詩體與永明詩體的不同階段，詩人即使有再大的才華，即使有再創新之處，其創作之風格，尤其在筆法體例的運用上，是無法完全脫離當代傳統而獨立的，因而透過對兩者之比較，吾人將可瞭解元嘉詩體與永明詩體之異同，並一窺文學風尙對詩歌創作的影響。

歷來研究二謝詩之著作，不勝枚舉，然多是屬於個別的研究探討，少有將二人之詩作深切的比較者。林嵩山先生《大小謝詩研究》〔註 1〕一文，雖於技巧方面涉及對二者的比較，但其用功最深與所費篇幅最多之處，則在於用字、遣詞、造句等方面，將二人用字相同、遣詞方法相似、句意與句法類同的詩句儘可能地臚列出來，這與本文側重之點不同。本文所期盼者乃是透過對政治社會變遷中家族興衰及文化特色的分析，配合二人之生平、性情等，來透視二謝詩歌中深刻的意蘊，期能對二人詩歌的內涵作更爲豐富深刻的詮釋。

除首章爲緒論外，本文第二章首先探討晉宋時期政治社會變遷以及世族地位轉變下，陳郡謝氏由盛而衰的歷程，進而分析其家風、家學等處事哲學與文化特質，藉以襯托出二謝詩作中何以具有共通性的社會文化背景。第三章則承接上章之脈絡，就「仕與隱的矛盾」、「儒道並蓄的政治理念」以及「歎逝的情懷」等二謝詩作中共同的情思做一闡述，進一步說明其所暗寓的家族共同命運與心聲。在此基礎下，第四章則著重在論述二人不同的人生際遇及兩者獨特之個性與交遊，並據以說明二謝詩歌受其影響所特有之主題與情思。然則，詩歌的創作，除上述社會家族以及個人經歷、交遊等因素外，往往會受到

〔註 1〕林嵩山先生《大小謝詩研究》（政大中文所碩士論文、民國 63 年）。

既有文學體例之影響，第五章即從用典、聲律、對偶、特殊技巧等方面對二謝詩作做一對照，不僅凸顯出二人詩歌形式上的特色，並據以一窺元嘉詩體與永明詩體之特色與異同。第六章中二謝山水詩的比較可謂是上述論述的縮影，畢竟山水詩是二謝在文學上最爲重大的成就，故另立專章加以討論，且進一步詳細比較二人山水詩在景物描寫、情景關係的處理與章法結構等方面的異同，並點出二謝山水詩作異同所表徵的意義。

本文重在對二謝詩歌特色的比較分析，並進一步點出其背後的寓意，因此在材料的處理上，自以能凸顯二人詩風者爲主。至於一些較缺乏代表性或特色的資料，爲了避免泛泛論述之病，便暫置不論。例如第三章中所論二謝詩中的共同情思，有仕與隱的矛盾、歎逝的情懷、儒道並蓄的政治理念三項，但這並不表示二人詩中共同的情思僅有這三項，而是因其較具特色與代表性，必須詳加討論。其他像思歸與懷鄉之情雖亦是二人詩中常出現的情思，但二謝此一情思的呈現往往涵攝於仕隱的矛盾之中，故不另加討論。又如第五章中討論二謝詩歌的用典部分，並非針對二人詩中典故的來源及含義一一考述，而是著重於分析來源相同的典故，二人如何使用與表現，蓋此最能顯示二謝詩用典的特色。此外，由於研究二謝詩之著作甚多，成績斐然，對於許多已形成共識的意見，亦不一一引述，以免卷秩冗長浩繁。所以本文在撰寫方向上或不免有不周之處，但此亦情非得已。

本文引詩以逯欽立先生輯校之《先秦漢魏晉南北朝詩》〔註2〕中所收之二謝詩爲準，逯本中如有錯誤或不妥之處，則加註釋說明。

〔註 2〕逯欽立先生輯校《先秦漢魏晉南北朝詩》(木鐸出版社、民國 77 年)。

第二章　世族地位衰頹下陳郡謝氏的處世哲學與文化特質

六朝是一個十分重視門第的時代，不但個人的一切與家族密切相關，家族的發展更是個人關心的重點。然而，家族社會地位的興盛或衰頹往往糾葛了政治社會的變動，在此過程中，一個家族既有的處事哲學與文化特質不僅會影響其對政治社會變動的應對方式，亦將形成共同命運的獨特心聲，並將成爲家族成員創作過程中揮之不去的影子。謝靈運與謝朓均爲陳郡陽夏謝氏家族的成員，兩者詩作中情感的抒發以及對於事理的解析，即相當程度展露了兩者對家族命運的因應方式。身爲一個詩人，大小謝的詩作總是或隱或現地、總是直接或間接地，牽涉了兩人對家族及一己命運的感受與理解，尤其二人詩作中的共同情思，在某種意義上，可說是晉宋變亂時代中，世族權力與皇權相對消長下，謝氏家族、乃至整體世族由盛而衰之心聲的具體反映；即使連兩者相異之處，雖說是個人性格以及經歷交遊所致，卻也可視爲個人對家族命運獨特因應方式所產生之結果。爲了深刻明瞭二人的處境與心態，以廓清其與詩歌創作之關係，有必要對此過程作一較爲深入清楚的認識。本章擬先以陳郡謝氏爲論述之中心，除描繪晉宋以來皇權與世族權力相對消長下，世族衰微的政治社會過程外，並點出謝氏家道中落之情況，以進一步釐清謝氏家族、乃至於整體世族命運共同心聲形成的可能脈絡。其次則著墨於謝氏家族處世哲學與文化特質的探討，從家風與家學兩部份加以論述，以明瞭謝氏家族處此變局中特有的對應方式、及其對詩歌創作之影響。爲了敘述上方便起見，以下先將謝氏一門之世系表列出來〔註1〕：

〔註1〕周嘉猷先生〈南北史世系表〉（收於《二十五史補編》第五冊中、上海開明書店、民國26年）、王伊同先生《五朝門第》（香港中文大學出版社、西元1978年）及孫以繡先生《王謝世家之興衰》（撰者自刊本、民國56年）中皆列有陳郡謝氏之世系表，然彼此互有出入。今依據史傳中謝氏族人之承繼關係可考者，重新繪製成此表。

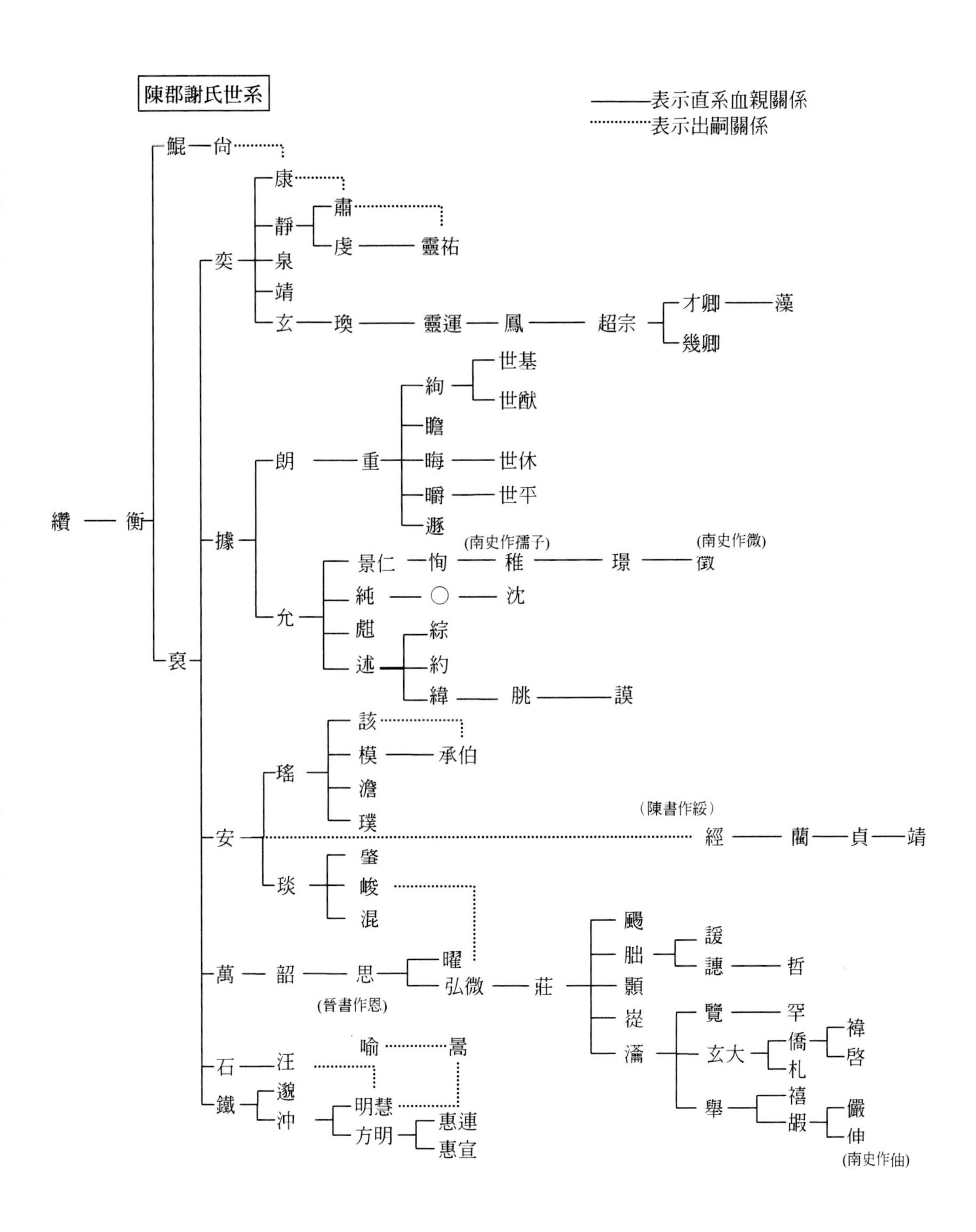
陳郡謝氏世系
——表示直系血親關係
……表示出嗣關係
纘
衡
鯤
尚
康
靜
肅
虔
靈祐
奕
泉
靖
玄
瑍
靈運
鳳
超宗
才卿
藻
幾卿
據
朗
重
絢
世基
世猷
瞻
晦
世休
嚼
世平
遯
允
景仁
恂
(南史作孺子)
稚
璟
徵
(南史作微)
純
○
沈
甝
述
綜
約
緯
朓
謨
裒
安
瑤
該
模
承伯
澹
璞
(陳書作綏)
經
藺
貞
靖
琰
肇
峻
混
萬
韶
思
(晉書作恩)
曜
弘微
莊
颺
朏
諼
譓
哲
顥
嵸
瀹
覽
罕
玄大
僑
札
禕
啓
舉
禧
嘏
儼
伷
(南史作伷)
石
汪
喻
暠
鐵
邈
沖
明慧
方明
惠連
惠宣

第一節　世族地位的轉變與陳郡謝氏的興衰

朱雀橋邊野草花，烏衣巷口夕陽斜。

舊時王謝堂前燕，飛入尋常百姓家。

〈烏衣巷〉　唐・劉禹錫

這是唐人劉禹錫在緬懷六朝金陵故地烏衣巷時所發的慨嘆。昔日繁華一時的烏衣巷、盛極一時的東晉權門貴族，曾幾何時已消逝在歲月的荏苒之中。事實上，王謝家族的衰頹早在晉宋之交、甚至於更早之時即已展開。政治與社會的動亂，不僅牽涉了晉宋以來皇權與世族的消長，導致了世族地位的逐漸衰微，更在無形中醞釀了家族命運休戚與共的一體感。處此情況下，世族成員對家族命運獨特的因應方式和態度、以及隨之而來的各種見解與情感之抒發，往往成了文學和詩歌創作不可或缺的心聲。

就此過程而言，劉宋的崛起，可說是世族社會地位轉變的關鍵時期，宋武帝劉裕以布衣即皇帝位，對世族本無好感，且鑑於東晉以來世族權力的過於膨脹，使得王威不立，所以即位之後便開始削弱世族的力量。在此之前，世族的地位與權勢在東晉時可說是達於鼎盛。東晉所以能在江東立國，靠的便是幾個大家族的支持，大家族與大家族之間以及與王權間的合縱連橫，不僅造就了世族興起的機會，同時也維持了政權的穩固。然而，世族的勢力在東晉時雖達於高峰，惟自東晉末年歷經諸多變亂以來，實力實際上已逐漸衰微，陳郡陽夏謝氏的興起與衰頹，即見證了如是的歷史過程。

後世之人雖常將王、謝世家並稱，「王、謝」也因而成為高門大族的代名詞。然而這是淝水之戰以後的事，在此之前，陳郡謝氏在社會上並無特殊的地位，甚至常被一些漢魏舊姓所瞧不起，如《世說新語、方正》：

> 諸葛恢大女適太尉庾亮兒，次女適徐州刺史羊忱兒。亮子被蘇峻害，改適江彪。恢兒娶鄧攸女。于時謝尚書求其小女婚，恢乃云:「羊、鄧是世婚，江家我顧伊，庾家伊顧我，

不能復與謝裒兒婚。」及恢亡，遂婚。

琅琊陽都諸葛氏家族歷史顯赫，瑾、亮、誕兄弟在三國時分別爲吳大將軍、蜀丞相與魏司空，功名彪炳，繼之以瞻、恪、靚兄弟又有重名，故渡江之初以王、葛並稱，諸葛恢不肯與當時尚沒沒無聞的謝氏聯姻是十分自然的事情。然而，恢死後謝氏興起而諸葛氏衰微，其子弟爲了結援強宗，遂不能守恢遺旨而嫁其女於謝氏。

就是淝水戰後，甚至到了晉、宋之際，還是有人對謝氏的門第頗不尊重，《世說新語、簡傲》載：

> 謝萬在兄前，欲起索便器。于時阮思曠在坐，曰：「新出門戶，篤而無禮。」

又《宋書、卷六十、荀伯子傳》記：

> 伯子常自矜蔭籍之美，謂（王）弘曰：「天下膏粱，唯使君與下官耳。宣明（謝晦）之徒，不足數也。」

陳留阮氏和潁川荀氏都是漢、魏舊族，極具位望〔註2〕，故阮思曠和荀伯子才能以其門第傲視後起的謝家。

謝氏家族的歷史，據《晉書、卷四十九、謝鯤傳》，其先世只能上溯兩代：「謝鯤：祖纘，典農中郎將。父衡，以儒素顯，仕至國子祭酒。」關於謝纘，《晉書》僅此一見，《三國志》中並無記載，田余慶先生認爲可能是其起自寒微，不爲世人所重的緣故〔註3〕。而謝衡以儒學爲官，仕於晉武帝、惠帝之時，除國子祭酒外，尚做過守博士（《晉書、卷二十、禮志中》）、國子博士（《晉書、卷四十、賈謐傳》）、太子少傅，散騎常侍（《晉書、卷二十、禮志中》）等官。謝鯤則放達不拘，有名士之風，《晉書・本傳》謂其「通簡有高識，不修威儀，

〔註2〕陳留尉氏阮氏爲漢魏舊姓，世所知名，阮思曠從父阮瑀爲建安七子之一，阮瑀子阮籍則爲竹林七賢之一。潁川潁陰荀氏更是家庭歷史輝煌，魏、晉之時不但多人爲將、相，且漢末的荀淑、荀爽皆有大名，而荀彧則是曹操最得力的輔佐，曹魏政權的上層骨幹多爲其所薦舉。

〔註3〕田余慶先生《東晉門閥政治》頁199（北京大學出版社、西元1989年）

好老、易，能歌，善鼓琴。」曾任左將軍王敦長史、豫章太守，並以討杜弢功封咸亭侯。然而，謝氏至此尚無任何舉足輕重的地位，直到鯤子尚爲豫州刺史，謝氏才得列爲方鎭，擁有自己的軍事力量，成爲當時幾個最有實力的家族之一。

謝尚所以能夠出任豫州刺史，固然由於本身出眾的才能，然而當時朝廷欲引爲奧援以減削大族之勢力，也是重要的原因之一。因爲東晉自開國以來，重要州郡一直被幾個大家族所把持，尤其王導、陶侃死後，荊、江二大州皆成爲潁川庾氏的勢力範圍。朝廷起先欲用謝尚與庾氏爭奪江州，但經庾翼的強烈抵制而失敗，於是又以其爲豫州刺史屏藩京師〔註4〕，謝氏家族終於在朝廷平衡門戶勢力的考量下，獲得了難得的晉升機會。

繼謝尚之後爲豫州刺史的是謝奕與謝萬，二人俱以虛放爲高，尤其謝萬更因「矜豪傲物」、「失士卒情」而兵敗被貶爲庶人，《晉書、卷七十九、本傳》云：

> 萬既受任北征，矜豪傲物，嘗以嘯詠自高，未嘗撫眾。兄安深憂之，自隊主將帥已下，安無不慰勉。謂萬曰：「汝爲元帥，諸將宜數接對，以悅其心，豈有傲誕若斯而能濟事也！」萬乃召集諸將，都無所說，直以如意指四坐云：「諸將皆勁卒。」諸將益恨之。既而先遣征虜將軍劉建修治馬頭城池，自率眾入渦潁，以援洛陽。北中郎將郗曇以疾病退還彭城，萬以爲賊盛致退，便引軍還，眾遂潰散，狼狽單歸，廢爲庶人。

謝萬被廢黜之後，謝氏可說是結束了對豫州的統治，這樣一來，

〔註 4〕建元元年八月庾冰出鎭江州，於是庾翼、庾冰使荊、江二州連成一氣。會建元二年十一月庾冰死，朝廷想趁此機會收回江州，於是以謝尚爲江州刺史，《晉書、卷七十九、謝尚傳》載：「會庾冰薨，復以本號督豫州四郡，領江州刺史。」但庾翼「還鎭夏口，悉取冰所領兵自配，以兄子統爲尋陽太守。」（《晉書、卷七十三、庾翼傳》）謝尚無可如何，於是「復轉西中郎將，督揚州之六郡諸軍事，豫州刺史、假節，鎭歷陽。」（《晉書、卷七十九、謝尚傳》）

對家族的利益無疑有了莫大的損害，且族中無人在朝任要職，對門戶的地位也有不良影響，於是一直高臥東山，享有重名的謝安便不得不出任。在此之前，謝安被屢徵而不起，突然間改變初衷而仕進，當然會被許多人譏諷，如：

> 征西大將軍桓溫請爲司馬，將發新亭，朝士咸送，中丞高崧戲之曰：「卿累違朝旨，高臥東山，諸人每相與言：『安石不肯出，將如蒼生何？』蒼生今亦將如卿何？」安甚有愧色。（《晉書、卷七十九、本傳》）

謝安當然知道出仕對自己的聲名有損，然爲了家族的利益與前途，也就顧不得個人的得失了。

謝安不但使得謝氏家族的勢力臻於鼎盛，更使其成爲江左最高的門第之一，因淝水一役，安、玄等以不足八萬的兵力擊敗苻堅號稱百萬的大軍，使東晉轉危爲安，在江東繼續保有立足之地，這樣的大功，終於奠定了謝氏不可搖撼的崇高地位。在淝水之戰前後，謝氏是朝中最有影響力的家族，謝安、謝石、謝玄、謝琰等多人即位居顯職且握有實際權力〔註 5〕，可謂人才輩出，有與瑯琊王氏爭勝之勢。

可惜好景不常，謝氏權力的過於膨脹，卻引起了皇室的猜忌與不安，於是謝安在會稽王司馬道子的排斥下，離開京師出鎮廣陵之步丘，最後悒鬱以終。謝玄亦因此而不能自安於北府之任，加上北伐失利和疾病的原因，屢上疏去職，不久病歿。謝安和謝玄的相繼去世，

〔註 5〕謝安一人便曾身兼五、六職，如太元八年時，身爲衛將軍、開府儀同三司、中書監、錄尚書事、領揚州刺史加征討大都督，戰後，進拜太保，又都督揚、江、荊、司、豫、徐、兗、青、冀、幽、并、寧、益、雍、梁十五州軍事。謝石則先爲尚書僕射，苻堅入寇，以將軍假節爲征討大都督，戰勝，遷中軍將軍、尚書令。謝玄則拜建武將軍、兗州刺史、領廣陵相、監江北諸軍事、加領徐州刺史、都督徐、兗、青三州、揚州之晉陵、幽州之燕國諸軍事等。謝琰則先爲散騎常侍、侍中，苻堅之役，出爲輔國將軍，後除征虜將軍、會稽內史。

表示謝氏家族的發展已過了巔峰之期。

等到孫恩之亂發生，謝氏一門更遭遇到了前所未有的打擊。在此亂事中，謝氏族人犧牲慘重，謝琰與其二子謝肇、謝峻，謝沖及其子謝明慧等均在此亂中被殺，謝邈一家則遭滅門，謝氏的黃金時期已然不再。孫恩之亂，謝氏所以受害最深，可能有幾點原因：一、浙東是以王、謝為首的世族大地主莊園所在地，而孫恩所領導起義的農民多半是浙東世族莊園裏的奴僮佃客，他們極欲推翻這些大地主的統治剝削〔註 6〕。二、孫恩起義主要是反對當權的司馬元顯，不過，晉末以來最具政治影響力的謝家，亦是其特別仇視的對象之一。三、朝廷用以討伐孫恩的主要人物正是以徐州刺史都督吳興、義興二郡軍事，後來又為會稽內史都督五郡軍事的謝琰。所以，孫恩會將矛頭指向謝家，甚至還下令懸賞通緝謝方明。

謝氏不久更遭受到另一個打擊，追隨劉毅的謝混與謝純，在劉裕消滅政敵劉毅時，也同時被殺。尤其是謝混，為謝安、謝琰之後，不僅身居高位，且在當時負有重名，死後連劉裕都甚為惋惜：「及宋受禪，謝晦謂劉裕曰：『陛下應天受命，登壇日恨不得謝益壽奉璽紱。』裕亦歎曰：『吾甚恨之，使後生不得見其風流！』益壽，混小字也。」〔註 7〕

到了劉宋初，謝氏在政壇上最活躍的人物則推謝晦。晦以佐命功，封武昌縣公，食邑二千戶，並任中領軍、侍中、領軍將軍等要職。高祖遺詔且以之與徐羨之、傅亮、檀道濟為顧命大臣。但他們擅行廢立弒殺，少帝義符與廬陵王義真皆死於其手，范泰便云：「吾觀古今多矣，未有受遺顧託，而嗣君見殺，賢王嬰戮者也。」〔註 8〕於是文帝即位之後，先誅徐羨之、傅亮，再討滅當時出任荊州刺史的謝晦。在此次事件中，謝氏犧牲的人數甚眾，除謝晦外，尚有其子世休，其弟皭、遯，其兄絢子世基、世猷等。晦死後，謝氏族中

〔註 6〕王仲犖先生《魏晉南北朝史》頁 364（谷風出版社、民國 76 年）。
〔註 7〕晉書卷七十九謝安傳附謝混傳。
〔註 8〕宋書卷六十范泰傳。

就再也沒有出現過實際握有兵權的人物。至此，謝氏家族可說邁入了眞正衰微的途徑。

劉宋時代，謝氏族人被殺的，尙有謝靈運及其孫謝超宗，與牽涉范曄謀反案的謝綜、謝約，謝緯則因此案遠徙廣州。到了蕭齊時代，緯子謝朓更因對始安王遙光密謀篡位事件的因應不當，而被下獄誅死。

謝氏遭受到的最後一次大打擊，當是侯景之亂，這也是所有梁朝世族共同的大災難，《顏氏家訓、涉務》曰：「梁世士大夫皆尙褒衣博帶，大冠高履，出則車輿，入則扶持，郡郭之內，無乘馬者。及侯景之亂，膚脆骨柔，不堪行步，體羸氣弱，不耐寒暑，坐死倉猝者，往往而然。」又《南史、卷八十、侯景傳》載：「乃縱兵殺掠，交屍塞路，富室豪家，恣意裒剝，子女妻妾，悉入軍營。」

雖然謝氏族人死於侯景之亂者，可考的僅有謝舉一人，因此亂而顚沛流寓者只有謝嘏及謝貞二人，然而實際上當不只於此數，不見於史籍的死亡流離者必然更多。侯景在叛亂前曾因求婚王、謝遭拒而大怒〔註9〕，故王、謝所受之災難必甚於其他各族。

綜而觀之，自晉末以來，謝氏子弟頻遭殺戮，零落甚眾，偌大門戶只有靠謝弘微及其後代勉力撐持。劉宋中葉以後至梁、陳，謝氏在朝居高位的，僅有弘微子孫。謝弘微是繼謝晦之後活躍於政壇上的謝氏族人，文帝時，與王華、王曇首、殷景仁、劉湛等號曰五臣，參預機密。其子莊在孝武帝時亦極受重視，曾任侍中、前軍將軍、吏部尙書領國子博士等職。莊子朏、瀹、瀹子舉、覽則分仕齊、梁爲高官，而舉子嘏、嘏子儼與伷亦顯達於陳代。

謝氏的凋零，反映的乃是眾多世族類似的命運。事實上，自劉宋以來，世家大族之子弟雖仍多擁有高官厚祿，享有種種特權，卻

〔註 9〕侯景之仇視士族，起因於求婚不遂：「（景）又請娶於王、謝，帝曰：『王、謝門高非偶，可於朱、張以下訪之。』景恚曰：『會將吳兒女以配奴。』」（《南史、卷八十、侯景傳》）。

已沒有什麼政治上的實際影響力，朝廷不過藉重他們的名望，和東晉時期相比，不可同日而語。東晉之所以能在江左立國、渡過淝水之危、能避開來自北方的威脅，大家族的鼎力支持實是關鍵所在，而政權當然就爲其所把持了，何啓民先生謂：「百年以來，政權不出琅琊臨沂王氏、潁川鄢陵庾氏，譙國龍亢桓氏、陳郡陽夏謝氏四家之外，政出私門，權去公家。」〔註10〕沈約亦稱：「晉自社廟南遷，祿去王室。朝權國命，遞歸臺輔。君道雖存，主威久謝。」〔註11〕劉裕出身布衣，向來對世族並無好感，且鑑於東晉以來世族權力的過於膨脹，有害於王威，是以即位之後便開始削弱世族的力量，其中最重要的，就是褫奪這些豪族大家的兵權，洪邁云：

> 國命寄於權臣，兵柄操於大姓，此實東晉之情勢也。……劉裕起自寒賤，……彼於晉衰之弊，洞若觀火。改弦更張，別立規模。繼體之君，守其成章。大體衝要方鎮，樹置懿親；當寇之區，任用寒賤；世族名門，雖亦出爲岳牧，然多在閒散之地，初不恃爲藩屏。窺其用心，蓋欲自專威福，不肯授柄於人。齊、梁至陳，率由宋典。(《容齋隨筆、卷八》)

南朝的世族除了兵權喪失之外，也已不太參與實際政務。朝廷往往將政務委任寒素，貴族子弟所擔任的都是一些清閒廩重之職。在此情況下，他們更逐漸地喪失了對國家的責任感，而把關懷的重心完全放在家族之上，以保家全身爲務，而不再以盡忠君國爲念。因此，國亂於上，而家治於下。

由此可知，陳郡謝氏之所以衰微，除了許多族人死於政爭與動亂中外，亦與時代政治趨勢的轉變有密切關係，陳郡謝氏的衰亡，乃是在政治社會變動中，在王權與世族權力消長下，整體世族命運衰微的一個縮影。從謝安的「兼將相於中外，系存亡於社稷」〔註12〕

〔註10〕何啓民先生〈南朝的門第〉，收於《中古門第論集》中，頁130（學生書局、民國71年）。

〔註11〕宋書卷三武帝本紀史臣語。

〔註12〕晉書卷七十九謝安傳史臣語。

到謝朏的「因傴成敬，偃仰當年」〔註 13〕，便是這種轉變的明顯反映。

世族興衰的大勢，從世族間聯姻情況的轉變亦可略窺梗概。世族的婚姻向來具有濃厚的政治性，其常彼此聯姻，互相結納支援，以形成一股龐大的力量。陳郡謝氏自從在東晉之際崛起以後，即是數一數二的大世族，與其聯姻的也多是第一流的高門，甚至王室也是其通婚對象。以下便將謝氏的姻親表列出來〔註 14〕，由此，不難看出一些權勢上消長的訊息：

＊ 陳郡謝氏姻戚表

姓　名	稱謂	姻　戚　關　係	姻　戚　氏　族
謝　尚	妻	袁耽妹〔註 15〕	陳郡陽夏袁氏
	長女	庾龢妻〔註 16〕	潁川鄢陵庾氏
	次女	殷歆妻〔註 17〕	陳郡長平殷氏
	女	王茂之妻〔註 18〕	琅琊臨沂王氏
	甥	晉康獻皇后〔註 19〕	河南陽翟褚氏
謝　奕	女	王凝之妻〔註 20〕	琅琊臨沂王氏

〔註 13〕南史卷二十謝弘微傳史臣論。

〔註 14〕此表主要依據史傳及《世說新語》劉孝標注中謝氏姻戚之可考者製成，並附載謝氏姻戚所屬之氏族。此外，若原著中所出現之關係久遠者，爲清晰起見，皆加以換算，如《梁書、卷二十一、王峻傳》：「峻曰：『臣太祖是謝仁祖外孫。』」則因王峻之太祖是王裕之，故謝尚女適裕之父茂之，而表中所列者便是「謝尚　女　王茂之妻」。

〔註 15〕世說任誕篇注引袁氏譜曰：「耽大妹名女皇，適殷浩。小妹名女正，適謝尚。

〔註 16〕世說輕詆篇注引謝氏譜曰：「尚長女僧要適庾龢，次女僧韶適殷歆。」

〔註 17〕同上註

〔註 18〕《梁書、卷二十一、王峻傳》：「峻曰：『臣太祖是謝仁祖外孫。』」則因王峻之太祖是王裕之，故謝尚女適裕之父茂之，而表中所列者便是「謝尚　女　王茂之妻」。

〔註 19〕晉書卷七十九謝尚傳：「時康獻皇后臨朝，即尚之甥也」。

〔註 20〕晉書卷九十六列女傳：「王凝之妻謝氏，字道韞，安西將軍奕之女也，聰識有才辯」。

謝　據	妻	王韜女〔註21〕	太原王氏
謝　安	妻	劉耽女〔註22〕	沛國相人劉氏
	女	王珉妻〔註23〕	琅琊臨沂王氏
	女	王國寶妻〔註24〕	太原晉陽王氏
	甥	羊曇〔註25〕	泰山羊氏
謝　萬	妻	王述女〔註26〕	太原晉陽王氏
	女	王珣妻〔註27〕	琅琊臨沂王氏
謝　石	妻	諸葛恢女〔註28〕	琅琊陽都諸葛氏
謝　玄	女	袁湛妻〔註29〕	陳郡陽夏袁氏
謝　朗	妻	王胡之女〔註30〕	琅琊臨沂王氏
謝　邈	妻	郗氏〔註31〕	＊ 應是高平金鄉郗氏
謝景仁	女	宋廬陵王義眞妃〔註32〕	宋王室
謝　純	妻	庾氏〔註33〕	＊ 應是穎川鄢陵庾氏

〔註21〕世說文學篇注引謝氏譜曰：「朗父據，娶太原王韜女，名綏」。

〔註22〕世說德行篇注引謝氏譜曰：「安娶沛國劉耽女。」晉書卷七十九謝安傳：「安妻，劉惔妹也。」

〔註23〕晉書卷七十九謝安傳附謝琰傳：「王珣娶萬女，珣弟珉娶安女。」

〔註24〕晉書卷七十五王湛傳附王國寶傳：「國寶少無士操，不修廉隅。婦父謝安惡其傾側，每抑而不用。」

〔註25〕晉書卷七十九謝安傳：「安顧謂其甥羊曇曰：『以墅乞汝。』」

〔註26〕晉書卷七十九謝安傳附謝萬傳：「太原王述，萬之妻父也。」世說簡傲篇注引謝氏譜曰：「萬娶太原王述女，名荃。」

〔註27〕晉書卷七十九謝安傳附謝琰傳：「王珣娶萬女，珣弟珉娶安女。」

〔註28〕世說方正篇注引謝氏譜曰：「裒子石，娶（諸葛）恢小女，名文熊。」

〔註29〕宋書卷五十二袁湛傳：「湛少爲從外祖謝安所知，以其兄子玄之女妻之。」

〔註30〕晉書卷七十九謝安傳附謝朗傳：「絢父重，即王胡之外孫。」故重父朗娶王胡之女。

〔註31〕晉書卷七十九謝安傳附謝邈傳：「邈妻郗氏，甚妒。邈先娶妾，郗氏怨懟，與邈書告絕。」

〔註32〕宋書卷五十二謝景仁傳：「高祖雅相重，申以婚姻，廬陵王義眞妃，景仁女也。」

〔註33〕宋書卷五十二謝景仁傳附謝述傳：「經純妻庾舫過，庾遣人謂述曰……」。

謝　述	妻	范泰女〔註 34〕	南陽順陽范氏
謝　重	妻	袁湛姊妹〔註 35〕	陳郡陽夏袁氏
	女	王愔妻〔註 36〕	太原晉陽王氏
謝　混	妻	晉孝武帝女晉陽公主〔註 37〕	晉王室（河內溫縣司馬氏）
	女	殷叡妻〔註 38〕	陳郡長平殷氏
謝靈運	母	劉氏〔註 39〕	* 應是南陽安眾劉氏
謝　緯	妻	宋太祖第五女長城公主〔註 40〕	宋王室
謝　晦	女	宋彭城王義康妻〔註 41〕	宋王室
	女	宋新野侯義賓妻〔註 42〕	宋王室
謝弘微	舅子	劉湛〔註 43〕	南陽安眾劉氏
謝惠宣	女	王融母〔註 44〕	琅琊臨沂王氏
謝　稚	姑	王彧母〔註 45〕	琅琊臨沂王氏
謝　朓	妻	王敬則女〔註 46〕	

〔註 34〕宋書卷六十九范曄傳：「綜母以子弟自蹈逆亂，獨不出視。曄語綜曰：『姊今不來，勝人多也。』」。

〔註 35〕晉書卷七十九謝安傳附謝朗傳：「(重子) 絢，字宣映，曾於公坐戲調。無禮於其舅袁湛。」

〔註 36〕世說言語篇注引謝氏譜曰：「重女月鏡，適王恭子愔之。」

〔註 37〕宋書卷五十八謝弘微傳：「義熙八年，混以劉毅黨見誅，妻晉陵公主改適琅邪王練。」

〔註 38〕宋書卷五十八謝弘微傳：「 混女夫殷叡素好樗蒱……」。

〔註 39〕唐張彥遠《法書要錄》卷之二・梁虞龢論書表：「謝靈運母劉氏，子敬之甥，故靈運能書，而特多王法。」。

〔註 40〕宋書卷五十二謝景仁傳附謝述傳：「緯尚太祖第五女長城公主……」。

〔註 41〕宋書卷四十四謝晦傳：「二女當配彭城王義康、新野侯義賓……」。

〔註 42〕同上註。

〔註 43〕宋書卷五十八謝弘微傳：「弘微舅子領軍將軍劉湛不堪其非，謂弘微曰……」。

〔註 44〕南齊書卷四十七王融傳：「母臨川太守謝惠宣女，惇敏婦人也，教融書學。」。

〔註 45〕南史卷十九謝裕傳附謝恂傳：「恂子孺子（宋書作稚），少與族兄莊齊名。……車騎將軍王彧，孺子姑之子也。」

〔註 46〕南齊書卷四十七謝朓傳：「朓初告王敬則，敬則女爲朓妻，常懷刀欲報朓，朓不敢相見。」

謝超宗	子婦	張敬兒女〔註 47〕	
謝　颺	女	宋順帝皇后〔註 48〕	宋王室
謝　瀹	妻	褚淵女〔註 49〕	河南陽翟褚氏
謝　覽	妻	齊錢塘公主〔註 50〕	齊王室（南蘭陵蘭陵蕭氏）
謝　藺	母	阮氏（藺舅爲阮孝緒）〔註 51〕	陳留尉氏阮氏
謝　貞	母	王筠從姊妹〔註 52〕	琅琊臨沂王氏

由上表可知，謝氏和琅琊臨沂王氏的通婚比率最高，其次是劉宋王室，再其次則是陳郡陽夏袁氏和太原晉陽王氏。在東晉時期，謝氏多和大世族聯姻，然而到了劉宋時代卻多與王室通婚。究其原因，應是東晉時期政權握於世族之手，謝氏不必聯親王室以提高政治地位，而劉宋時期王室才是權力中心，故需與之通婚以鞏固本身利益，且劉裕起自寒微，亦需聯姻世族以提高其社會地位。此表中最引人注目的，應是謝脁與謝超宗，脁娶王敬則之女，超宗則以張敬兒之女爲媳。王敬則與張敬兒皆出身貧賤，不學無文，在極度講究門當戶對的時代，能夠與第一流高門謝家聯婚，簡直是匪夷所思的事。這證明了謝氏門戶力量的衰微，不惜與寒素通婚，只要對方是眞正擁有權力之人。由於王敬則與張敬兒二人一直握有兵權，且因武功在齊高帝、武帝時代出將入相，烜赫一時，謝家與之通婚，其中原委也就不難明白了。

此外，宋、齊二代世族出任重要官吏的情形，亦清楚地反映了大、

〔註 47〕南齊書卷三十六謝超宗傳：「超宗娶張敬兒女爲子婦，上甚疑之。」

〔註 48〕宋書卷八十五謝莊傳：「（莊）長子颺，晉平太守。女爲順帝皇后，追贈金紫光祿大夫。」

〔註 49〕南齊書卷四十三謝瀹傳：「僕射褚淵聞瀹年少，清正不惡，以女結婚，厚爲資送。」

〔註 50〕梁書卷十五謝朏傳附謝覽傳：「覽字景滌，朏弟瀹之子也，選尚齊錢塘公主，拜駙馬都尉、祕書郎、太子舍人。」

〔註 51〕梁書卷四十七孝行傳：「（藺）舅阮孝緒聞之歎曰……及丁父憂，晝夜號慟，毀瘠骨立，母阮氏常自守視譬抑之。」

〔註 52〕陳書卷三十二孝行傳：「母王氏，授貞論語、孝經，讀訖便誦。八歲，嘗爲春日閑居五言詩，從舅尚書王筠奇其有佳致。」

小謝處身時代世族衰微的狀況。當時最能掌握兵權的職位是都督與刺史，在中央之外，都督是第一級擁兵者，惟督都一職絕大都分由王室子弟出任，故不必比較亦能略窺王權高漲之跡象。是以，吾人選取了第二級擁兵者刺史以爲兵力代表之比較對象，並選取和刺史同爲地方官代表的太守，連同五品以上官吏，就其中世族所占比率綜合比較如下〔註53〕：

（一）刺史

朝代	世族百分比
宋	六四、〇
齊	五二、〇

（二）太守

朝代	世族百分比
宋	六七、九
齊	五七、三

（三）五品以上官吏

朝代	世族百分比
宋	六九、〇
齊	五九、二

並依據孫以繡先生之統計，表列出謝氏一門在宋、齊時代出任官職之百分比〔註54〕：

朝代／分類	將相大臣	方　　鎮	一般官吏
宋	四、〇二	〇、二五	五、二六
齊	二、五九	〇	三、二二

由以上之統計資料看來，齊代世族之境遇顯然不及宋代，謝氏雖爲第一等之高門，遭遇亦復相同。

總而言之，世族勢力雖在東晉時達到了鼎盛，然處在權力競爭的脈絡中，加以接連的動亂，世族逐漸衰亡的種子其實早已隱埋在繁盛之中，劉宋的篡立，可說是此一趨勢明朗化之肇始。劉裕即位後除相繼收回世族的兵權外、更委政務於寒素，因此世族雖仍保有高官厚祿、享有種種特權，卻已逐漸地失去了在政治上的影響力。陳郡謝氏

〔註53〕表（一）節錄自毛漢光《兩晉南北朝士族政治之研究》表六十三；表（二）節錄自毛書表六十四；表（三）節錄自毛書表六十七（中國學術著作獎助委員會、民國55年）

〔註54〕節錄自孫以繡先生《王謝世家之興衰》附表八（撰者自刊本、民國56年）

的衰頹即具體而微地說明了晉宋以降世族日漸衰微的過程。在此脈絡下，伴隨的往往是世族對國家責任感的喪失，盡忠君國的價值觀逐漸地爲保全身家的意念所取代，家族一體、休戚與共的命運相連感遂達到了最高峰。詩歌既爲時代精神之顯現，自會反映此種現象，大小謝詩歌的創作可說具有如此的象徵意涵。

第二節　陳郡謝氏的處世哲學與文化特質

晉宋以降，世族的政治影響力隨著政權的更迭雖已日漸地衰微，惟並沒有馬上就喪失其在社會上之影響力。六朝的世族在社會上是一個特殊的階層，他們不與一般人往來，交遊、婚姻都有一定的對象。世族身份就是榮譽的表徵，受到全社會的尊崇，甚至貴爲帝王，亦要對其敬畏三分。這是天子勢力所不及的領域，因爲天子雖能給人政治地位，卻不能給人社會地位。從紀僧眞乞作士大夫一事，即可明白這種情況：

> 先是中書舍人紀僧眞幸於武帝，稍歷軍校，容表有士風。謂帝曰：「臣小人，出自本縣武吏，邀逢聖時，階榮至此。爲兒昏，得荀昭光女，即時無復所須，唯就陛下乞作士大夫。」帝曰：「由江斅、謝瀹，我不得措此意，可自詣之。」僧眞承旨詣學，登榻坐定，斅便命左右曰：「移吾床讓客。」僧眞喪氣而退，告武帝曰：「士大夫故非天子所命。」時人重學 風格，不爲權倖降意。(《南史、卷三十六、江夷傳附江學 傳》)

世族之所以受人敬重，主要原因並不全在於政治影響力，而在於本身有值得讓人尊敬之處，良好的家風與家學便是培養一個完美士大夫的基礎。謝靈運與謝脁之所以文采斐然，並不是憑空而來的，而是有其家學的淵源，且兩者詩作之具有共同的情思，亦非獨立於家族特有的處世哲學之外，對謝氏家族以及大小謝而言，文學、尤其是詩的創作，無疑已成了一種因應時代變遷，抒發家族共同心聲的重要舉動。

世族既然有如此重要之社會象徵，門第中人爲使家族昌盛、綿延不絕，必然期望有優秀的子弟，對於東晉時崛起並成爲最重要大世族之一的陳郡謝氏來說，更是如此。這從謝安和謝玄的一番對話中便可了解：

謝太傅問諸子姪：「子弟亦何預人事，而正欲使其佳？」諸人莫有言者。車騎答曰：「譬如芝蘭玉樹，欲使其生於階庭耳。」(《世說、言語》)

爲達此目的、爲了要有優秀的子弟，良好的家庭教育顯然是十分重要的。其範圍雖十分廣泛，大致卻可分爲無形的家風習染和具體的家學傳授兩個層面，其共同形成了謝氏獨特的處世哲學與文化特質，並成了影響大小謝創作之重要因素。

先言謝氏的家風及主要因之而形成的處世哲學。六朝雖尚玄學，清談盛行，是以老、莊思想爲主的時代，然門第中人治家之方卻是十分儒家的。他們首重孝道，而陳郡謝氏中便特多孝行感人的事蹟，謝藺和謝貞甚至入《梁書》和《陳書》的〈孝行傳〉。舉數例如下：

（謝瞻）弟皭字宣鏡，幼有殊行。年數歲，所生母郭氏久嬰痼疾，晨昏溫凊，嘗藥捧膳，不闕一時，勤容戚顏，未嘗暫改，恐僕役營疾懈倦，躬自執勞。母爲病畏驚，微踐過甚。一家尊卑，感皭至性，咸納屨而行，屏氣而語，如此者十餘年。(《宋書、卷五十六、謝瞻傳附謝皭傳》)

（謝弘微）母憂去職，居喪以孝稱。服闋踰年，菜蔬不改。(《宋書、卷五十八、謝弘微傳》)

藺五歲，每父母未飯，乳媪欲令藺先飯，藺曰：「既不覺飢。」強食終不進。……及丁父憂，晝夜號慟，毀瘠骨立，母阮氏常自守視譬抑之。……會侯景舉地入附，境上交兵，藺母慮不得還，感氣卒。及藺還入境，爾夕夢不祥，旦便投劾馳歸。既至，號慟嘔血，氣絕久之，水漿不入口。親友慮其不全，相對悲慟，強勸以飲粥。藺初勉強受之，終不能進，經月餘日，因夜臨而卒，時年三十八。(《梁書、卷四十七、謝藺傳》)

重視孝道就不免強調弟道，這種平輩間的友愛之情，在當時也是備受重視的。陳郡謝氏中即有許多令人動容的手足情深故事：

> （謝安）性好音樂，自弟萬喪，十年不聽音樂。(《晉書、卷七十九、謝安傳》)
>
> 述字景先，少有志行，隨兄純在江陵。純遇害，述奉純喪還都。行至西塞，值暴風，純喪舫流漂，不知所在，述乘小船尋求之。經純妻庾舫過，庾遣人謂述曰：「喪舫存沒，已應有在，風波如此，豈可小船所冒？小郎去必無及，寧可存亡俱盡邪？」述號泣答曰：「若安全至岸，當須營理。如其已致意外，述亦無心獨存。」因冒浪而進，見純喪幾沒，述號叫呼天，幸而獲免，咸以爲精誠所致也。(《宋書、卷五十二、謝景仁傳附謝述傳》)
>
> 兄曜……元嘉四年卒。弘微蔬食積時，哀戚過禮，服雖除，猶不噉魚肉。沙門釋慧琳詣弘微，弘微與之共食，猶獨蔬素。慧琳曰：「檀越素既多疾，頃者肌色微損，即吉之後，猶未復膳。若以無益傷生，豈所望於得理。」弘微答曰：「衣冠之變，禮不可踰。在心之哀，實未能已。」遂廢食感咽，歔欷不自勝。弘微少孤，事兄如父，兄弟友穆之至，舉世莫及也。(《宋書、卷五十八、謝弘微傳》)

由此可見「孝弟」是門第中人特別強調的兩種德行，亦是謝氏主要的家風：孝是縱向的情感維繫，使上下之間沒有隔閡，而廣義的孝，更具有感懷祖先恩德，愼終追遠的意義，謝靈運即作有〈述祖德〉詩，所謂「萬邦咸震慴，橫流賴君子。拯溺由道情，龕暴資神理。秦趙欣來蘇，燕魏遲文軌。……高揖七州外，拂衣五湖裡。隨山疏濬潭，傍巖藝枌梓。遺情捨塵物，貞觀丘壑美」乃是對其祖謝玄功業、胸襟的仰慕。謝朓亦有類似的情思，〈和王著作融八公山〉中的「阽危賴宗衮，微管寄明牧。……道峻芳塵流，業遙年運倏。平生仰令圖，吁嗟命不淑」即是一例；弟則是橫向的情感交流，使彼此間親愛精誠，具向心力，「伊昔昆弟，敦好閭里。我暨我友，均尙同恥」〔註 55〕描寫

〔註 55〕謝靈運〈答中書、其二〉

的即是如此之情感。由謝靈運與從兄弟的一些贈答詩中，如〈贈從弟弘元〉、〈答中書（謝瞻）〉、〈贈安成（謝瞻）〉、〈酬從弟惠連〉等，俱可見其情份之好。正是由於這縱橫的情感網絡，使得門第凝聚成一個緊密的共同體。

其次，從當時人物往來之書信中，則可窺見當時世家重謙讓、寬厚等之風尚：

> 頃東遊還，修植桑果，今盛敷榮。率諸子、抱弱孫，遊觀其間。有一味之甘，割而分之，以娛目前。雖植德無殊邈，猶欲教養子孫以敦厚退讓，戒以輕薄，庶令舉策數馬，彷彿萬石之風。（〈王羲之與謝萬書〉）

《南史、卷二十二、王志傳》亦云：

> 志家居建康禁中里馬糞巷。父僧虔門風寬恕，志尤惇厚，所歷不以罪咎劾人。門下客嘗盜脫志車幰賣之，志知而不問，待之如初。賓客遊其門者，專蓋其過而稱其善。兄弟子姪皆篤實謙和，時人號馬糞諸王爲長者。

敦厚退讓、寬恕惇厚、篤實謙和等美德，實是當時門第中人期望於子孫者，陳郡謝氏亦不例外。蓋當時政治黑暗、篡弒頻仍，大臣動輒罹禍，於是世族們爲求自保起見，皆謹言慎行、韜光養晦、以退爲高，體儒而用道是其一貫的出處原則。而素退更是謝氏極爲重要的家風之一，由以下之例可見：

> 弟晦時爲宋臺右衛，權遇已重，於彭城還都迎家，賓客輻輳，門巷填咽。時瞻在家，驚駭謂晦曰：「汝名位未多，而人歸趣乃爾。吾家以素退爲業，不願干豫時事，交遊不過親朋，而汝遂勢傾朝野，此豈門户之福邪？」乃籬隔門庭，曰：「吾不忍見此。」（《宋書、卷五十六、謝瞻傳》）
>
> 義康外鎮，將行，歎曰：「謝述唯勸吾退，劉湛唯勸吾進。今述亡而湛存，吾所以得罪也。」太祖亦曰：「謝述若存，義康必不至此。」（《宋書、卷五十二、謝景仁傳附謝述傳》）

此外，因門第以儒道治家，爲維持家族內之秩序與和諧，便十分重視禮。沈垚即指出六朝禮學乃因維繫門第而興：「六朝人禮學極精，唐以前士大夫重門閥，雖異於古之宗法，然與古不相遠，史傳中所載多禮家精粹之言，至明士大夫皆出於草野，與古絕不相似矣。古人於親親之中寓貴貴之意，宗法與封建相維，諸侯世國，則有封建，大夫世家，則有宗法。」〔註56〕故門第中不僅有許多精通禮學之士，更多有身體力行且以之訓勉子孫者，如謝安便「處家常以儀範訓子弟」〔註57〕，謝弘微「舉止必循禮度」〔註58〕，而在重禮的背後，更重恩情的培養，絕非墨守虛文成規，這由長上教養晚輩的態度即可看出：

> 玄少好佩紫羅香囊。安患之，而不欲傷其意，因戲賭取，即焚之，於此遂止。（《晉書、卷七十九、謝安傳附謝玄傳》）
>
> 謝虎子嘗上屋熏鼠。胡兒既無由知父爲此事，聞人道：「癡人有作此者。」戲笑之，時道此，非復一過。太傅既了己之不知，因其言次，語胡兒曰：「世人以此謗中郎，亦言我共作此。」胡兒懊熱，一月日閉齋不出。太傅虛託引己之過，以相開悟，可謂德教。（《世說新語・紕漏》）

在這兩個例子中，謝安是一個多麼慈愛的長輩，他管教子女的方式絲毫沒有權威的影子，而是充滿了尊重與關懷。甚至還不惜虛託己過，以開悟胡兒，只因「不欲傷其意」。故家族之內普遍洋溢著和樂親愛的氣氛，父慈子孝、兄友弟恭是出自內心的眞誠，而非外在的形式。這亦可說是魏晉禮學重精神（禮意）、輕形式（禮文）的具體實踐。

由以上之敘述，可知陳郡謝氏之家風以重孝弟、重謙退等爲主。此外，更講究禮與恩情的培養。在此狀況下，其處世之哲學基本上雖是儒家的，然而在門第中人憂時畏禍、顧家全族的心態下，又摻有道家靜默謙退的思想在。

除了家風及其處事哲學外，謝氏家學及因之而形成的文化特質亦

〔註56〕沈垚《落飄樓文集》卷八〈與張淵甫書〉，轉引自陳寅恪《隋唐制度淵源略論稿》頁5。（河洛圖書出版社、民國67年）

〔註57〕晉書卷七十九謝安傳。

〔註58〕宋書卷五十八謝弘微傳。

是吾人瞭解大小謝詩歌創作不可或缺的面向。六朝時門第可說是學術思想的中心，陳寅恪云：「自漢代學校制度廢弛，博士傳授之風氣止息以後，學術中心移於家族。」〔註 59〕劉馥指出當時太學的情況是：「自黃初以來，崇立太學二十餘年而寡有成者，蓋因博士選輕，諸生避役，高門子弟恥非其倫，故無學者。雖有其名而無其人，雖設其教而無其功。」〔註 60〕而世族由於家學淵源，多具有高深的學識與豐富的才藝，故爲人所敬重。

世族家學的內涵極廣，隨世族本身之發展而各有所偏重。但一般說來，經學仍是最受重視的，這乃是因爲門第的形成和經學有密切的關係。早自西漢武帝採用董仲舒罷黜百家，獨尊儒術的建議之後，習經已成了士人進身之階，於是有累世經學，方有累世公卿，經學便成爲家學的基礎。例如瑯琊王氏，自西漢以來，即以經學傳家，雖於南朝文學極盛之時，仍未因時俗而荒廢其家學傳統，宋、齊之際的王儉便是有名的經學大家。其他如穎川荀氏、陳氏等亦是有名的經學家族。謝氏家族中，亦有不少經學方面的著作，如謝萬著有《集解孝經》一卷〔註 61〕，謝沈著有《毛詩義疏》十卷，且注《毛詩》二十卷等。

經學以外，次爲世族所重的是史學。就著述之篇幅而言，較經部多出一倍〔註 62〕。傳記、譜牒、方志之作十分繁多，《後漢書》、《三國志》則是此時期的經典之作。謝氏在史學方面的著作，即有謝靈運的《晉書》三十六卷、《遊名山志》一卷、《居名山志》一卷、謝元的《內外書儀》四卷以及謝朏的《書筆儀》二十一卷等。

除了經學、史學之外，當時玄風鼎盛，清談流行，老、莊、易被稱爲三玄，士人們無不悉心鑽研。王、謝二大家族中便頗多玄學名士，

〔註 59〕陳寅恪《隋唐制度淵源略論稿》頁 17（河洛圖書出版社、民國 67 年）
〔註 60〕三國志卷十五劉馥傳
〔註 61〕謝萬著《集解孝經》一卷，乃尋檢《隋書經籍志》所得。本節所載之其他謝氏族人著作，亦皆錄自《隋書經籍志》。
〔註 62〕錢穆〈略論魏晉南北朝學術文化與當時門第之關係〉（新亞學報、五卷二期）

清談高手。以謝氏爲例，謝朗即「善言玄理」〔註63〕；另，謝道韞雖爲一女子，亦極精於談辯，《晉書、卷九十六、本傳》有這樣的記載：

> 凝之弟獻之嘗與賓客談議，詞理將屈，道韞遣婢白獻之曰：「欲爲小郎解圍。」乃施青綾步鄣自蔽，申獻之前議，客不能屈。

其他如謝舉、謝幾卿等，莫不長於玄理〔註64〕。

六朝更是文學自覺的時代。人們意識到文學本身的價值，並且透過文學之欣賞創作抒發自己的情懷，世族子弟多是能文善筆之輩，劉勰謂：

> 爾其搢抻之林，霞蔚而飆起；王、袁聯宗以龍章，顏、謝重葉以鳳采。何、范、張、沈之徒，亦不可勝也。(《文心雕龍・時序》)

其中，陳郡謝氏一門更以詩文特盛，冠於各族。其家族對文學之愛好，是他族所無法比擬的：

> 謝太傅寒雪日內集，與兒女講論文義。俄而雪驟，公欣然曰:「白雪紛紛何所似？」兄子胡兒曰:「撒鹽空中差可擬。」兄女曰:「未若柳絮因風起。」公大笑樂。即公大兄無奕女，左將軍王凝之妻也。(《世說新語・言語》)
>
> 謝公因子弟集聚，問毛詩何句最佳。遏稱曰：「昔我往矣，楊柳依依；今我來思，雨雪霏霏。」公曰：「訏謨定命，遠猷辰告。」謂此句偏有雅人深致。(《世說新語・文學》)
>
> 混風格高峻，少所交納，唯與族子靈運、瞻、曜、弘微並以文義賞會。嘗共宴處，居在烏衣巷，故謂之烏衣之遊。混五言詩所云:「昔爲烏衣遊，戚戚皆親姪」者也。其外雖復高流時譽，莫敢造門。(《宋書、卷五十八、謝弘微傳》)

家族聚會常以講論文義、切磋辭句爲主，其對文學之熱衷由此可見，大、小謝之文采横溢，顯然有其家學之淵源。謝氏門中文學人才之多，

〔註63〕晉書卷七十九謝安傳附謝朗傳
〔註64〕見梁書卷三十七謝舉傳及卷五十謝幾卿傳

可謂江東第一，稱之為文學世家，絕不為過。如：

謝　萬——「工言論，善屬文。」（《晉書、卷七十九、謝安傳附謝萬傳》）

謝　朗——「善言玄理，文義艷發。」（《晉書、卷七十九、謝安傳附謝朗傳》）

謝　混——「少有美譽，善屬文。」（《晉書、卷七十九、謝安傳附謝混傳》）

謝　瞻——「年六歲，能屬文，為紫石英讚、果然詩，當時才士，莫不歎異。……瞻善於文章，辭采之美，與族叔混、族弟靈運相抗。」（《宋書、卷五十六、謝瞻傳》）

謝靈運——「文章之美，江左莫逮。……每有一詩至都邑，貴賤莫不競寫，宿昔之間，士庶皆徧，遠近欽慕，名動京師。」（《宋書、卷六十七、謝靈運傳》）「文章之美，與顏延之為江左第一。」（《南史、卷十九、謝靈運傳》）

謝惠連——「年十歲，能屬文，族兄靈運深相知賞，……是時義康治東府城，城塹中得古冢，為之改葬，使惠連為祭文，留信待成，其文甚美。又為雪賦，亦以高麗見奇，文章並傳於世。」（《宋書、卷五十三、謝方明傳附謝惠連傳》）

謝　莊——「年七歲，能屬文。……時南平王鑠獻赤鸚鵡，普詔群臣為賦。太子左衛率袁淑文冠當時，作賦畢，齎以示莊，莊賦亦竟，淑見而歎曰：『江東無我，卿當獨秀；我若無卿，亦一時之傑也。』遂隱其賦。」（《宋書、卷八十五、謝莊傳》）

謝　朓——「少好學，有美名，文章清麗。……子隆在荊州，好辭賦，數集僚友，朓以文才，尤被賞愛，流連晤對，不捨日夕。……長五言詩，沈約常云：『二百年來無此詩也。』」（《南齊書、卷四十七、謝朓傳》）

謝超宗——「好學，有文辭，盛得名譽。……王母殷淑儀卒，超宗作

誄奏之，帝大嗟賞，曰：『超宗殊有鳳毛，恐靈運復出。』」(《南齊書、卷三十六、謝超宗傳》)

謝　朏——「年十歲，能屬文。莊遊土山賦詩，使朏命篇，朏攬筆便就。……孝武帝遊姑孰，莊攜朏從駕，詔使為洞井贊，於坐奏之，帝曰：『雖小，奇童也。』」(《梁書、卷十五、謝朏傳》)

謝幾卿——「既長好學，博涉有文采。」(《梁書、卷五十、謝幾卿傳》)

謝　覽——「嘗侍座，受敕與侍中王暕為詩答贈，其文甚工。高祖善之，仍使重作，復合旨。」(《梁書、卷十五、謝朏傳附謝覽傳》)

謝　舉——「舉年十四，嘗贈沈約五言詩，為約稱賞。世人為之語曰：『王有養、炬，謝有覽、舉。』」(《梁書、卷三十七、謝舉傳》)

謝　微——「好學善屬文，……時魏中山王元略還北，梁武帝餞於武德殿，賦詩三十韻，限三刻成。微二刻便就，文甚美，帝再覽焉。又為臨汝侯猷製放生文，亦見賞於世。」(《南史、卷十九、謝裕傳附謝微傳》)

謝　嘏——「嘏風神清雅，頗善屬文。」(《陳書、卷二十一、謝嘏傳》)

謝　貞——「八歲，嘗為春日閑居五言詩，從舅尚書王筠奇其有佳致，謂所親曰：『此兒方可大成，至如『風定花猶落』，乃追步惠連矣。」(《陳書、卷三十二、謝貞傳》)

此外，世族子弟率皆多才多藝，書畫琴棋無不擅長，這亦是家學薰陶有以致之。其中，琅琊王氏以書法獨步，王羲之是最有名的書法家，其他善書之王氏族人不勝枚舉。謝家亦有不少能書之人，如謝安「善行書」〔註65〕，謝靈運「詩書皆兼獨絕，每文竟，手自寫之，文帝稱為二寶」〔註66〕，謝朓「善草隸」〔註67〕，謝貞「工草隸蟲篆」

〔註65〕晉書卷七十九謝安傳。
〔註66〕宋書卷六十七謝靈運傳。

〔註 68〕等，而書畫同源，工書者亦多善畫。陳郡謝氏則以音樂見長，族中特多音樂方面的人才，如謝鯤「能歌善鼓琴」〔註 69〕，謝尚「善音樂、博綜眾藝，……江表有鍾石之樂，自尚始也」〔註 70〕，謝稚「善吹笙」〔註 71〕，謝幾卿「醉則執鐸挽歌」〔註 72〕等。

由上述可知，當時的一切文化活動，如經學、史學、玄學、文學、以及琴棋書畫等技藝幾乎都與世族有關，而世族之所以具有學養主要來自家學的傳承。惟家學則隨著世族本身的發展而各有所偏重，陳郡謝氏雖亦長於經學、史學與玄學等，然其文化特質顯然係以文學與音樂兩方面最爲突出。故以文學爲主的文化創作及活動，成了謝氏族人在面對家族衰微命運之過程中，抒發情感與見解的主要媒介，大小謝之詩作，即代表了如此的意涵。

〔註 67〕南齊書卷四十七謝朓傳。
〔註 68〕陳書卷三十二謝貞傳。
〔註 69〕晉書卷四十九謝鯤傳。
〔註 70〕晉書卷七十九謝尚傳。
〔註 71〕宋書卷五十二謝景仁傳。
〔註 72〕南史卷十九謝靈運傳附謝幾卿傳。

第三章　大小謝詩歌創作中的共同情思

經歷了晉宋以降政治社會迭生的變動，六朝的權門世族雖仍享有一定的社會地位，然政治影響力的日漸衰微卻已是不爭的事實。由於家門常會因禍事而橫遭不幸，族人也可能因戰亂而流離失散，世族雖仍扮演著當時學術思想重鎮的角色，卻已在無形之中逐漸地改變了處世的的方式與哲學。講孝弟、重謙退以及強調禮與恩情的培養等儒家思想雖仍爲家風傳承之基調，卻已摻雜、甚至於轉向了道家靜默謙退的色彩。在此情況下，顧全家族成員的身家性命，往往取代了盡忠君國的價值觀，世族中人對家族命運一體的感受於焉達到了最高峰。

自東晉以來曾與琅琊王氏並稱「王謝」、然隨後即不斷遭到打擊的謝氏族人，對此悲慘之命運自是感受深刻。由於謝氏族人雖亦通涉經史等家學，卻以文學及音樂見長，故以文學爲主的文化創作及活動，往往成了謝氏族人在面對家族與世族衰微命運之過程中，抒發情感與見解的主要媒介。其雖不必然會直接以家族之命運爲題材，然作品中卻少不了其對家族及世族共同命運理解與感受後所衍生的各種情思。

大小謝雖屬於不同的輩份、也不曾見過面，然而同屬謝氏家族一員的身份、以及共同處於謝氏家族日漸沒落的集體處境，卻爲其搭起了一座橋樑，藉著詩的創作，他們或隱或現、或直接或間接地訴說了對於世族、尤其是謝氏家族命運的深刻感受。

詩是時代精神的反映，往往訴說著集體的記憶與整體的命運，身爲一個詩人，大小謝的詩作總是以各種方式遙指了兩人對世族一體命運的感受與理解，尤其兩者間有極爲明顯的共同情思——仕與隱的矛盾、儒道並蓄的政治理念以及歎逝的情懷，其間雖涉及並交織了兩人獨特個性與生活經歷的痕跡，惟卻更多是來自於對家族集體命運的直接感受、以及對時代風尚的接納。以下即依「仕與隱的矛盾」、「儒道並蓄的政治理念」以及「歎逝的情懷」之順序，就大小謝詩作中所表現出來的共同情思做一探討。

第一節　仕與隱的矛盾

仕與隱一直是中國文人最關切的兩個問題，雖然「窮則獨善其身，達則兼善天下」〔註1〕是大家都明白的道理，但實際的狀況多是二者在心中糾結纏繞，形成一種矛盾複雜的情緒。這種情緒形成的原因，雖與個人特殊的境遇有密切的關連，然則更多是時代背景、以及家族因素的影響，可說是世族命運一體心聲的具體反映之一，以下便探討二謝心中的仕、隱矛盾問題。

閱讀二謝之詩，我們可以發現歸隱山林的念頭不斷地在其詩中重覆出現，尤其是小謝，篇末多以隱逸之思作結，形成其詩歌的一大特色。舉例說明如下：

謝靈運

> 目睹嚴子瀨，想屬任公釣。誰謂古今殊，異代可同調。(〈七里瀨〉)
> 蠱上貴不事，履二美貞吉。幽人常坦步，高尚邈難匹。(〈登永嘉綠嶂山〉)

〔註1〕《孟子》盡心篇上。

戰勝臞者肥，鑒止流歸停。即是義唐化，獲我擊壤情。(〈初去郡〉)

顧已枉維縶，撫志慚場苗。工拙各所宜，終以反林巢。曾是縈舊想，覽物奏長謠。(〈從遊京口北固應詔〉)

滿目皆古事，心賞貴所高。魯連謝千金，延州權去朝。行路既經見，願言寄吟謠。(〈入東道路〉)

謝朓

解劍北宮朝，息駕南川涘。寧希廣平詠，聊慕華陰市。棄置宛洛遊，多謝金門裏。招招漾輕檝，行行趨巖趾。江海雖未從，山林於此始。(〈始之宣城郡〉)

誰規鼎食盛，寧要狐白鮮。方棄汝南諾，言税遼東田。(〈宣城郡內登望〉)

云誰美笙簧，孰是厭邁軸。願言稅逸駕，臨潭餌秋菊。(〈冬日晚郡事隙〉)

誰慕臨淄鼎，常希茂陵渴。依際幸自從，求心果蕪昧。方軫歸與願，故山芝未歇。(〈冬緒羈懷示蕭諮議虞田曹劉江二常侍〉)

桃李成蹊徑，桑榆蔭道周。東都已俶載，言歸望綠疇。(〈和徐都曹出新亭渚〉)

二謝詩中之所以多出現隱逸之思，主要是因時代風尚以隱逸爲高。自漢末以來社會大亂，經濟、政治敗壞，故避亂隱遁成爲時代風尚。加上以政治、道德爲取向的儒家思想無法滿足個人內心的需要，重視自我的道家變成思想主流，而道家是推崇隱逸的，以閑處山林藪澤爲高。於是企慕隱逸便在知識階層當中蔚爲風氣，二謝詩中動輒出現歸隱之情，也就是極爲自然的事了。另一原因則是由於二謝個人仕途的不順遂，在失意挫折之際想要脫離宦海而隱居，亦是人情之常。

雖然歌誦隱逸是當時士大夫一貫的態度，但這並不表示他們對宦途一無興趣，相反地，能在政壇上一展抱負、飛黃騰達，才是許多士人衷心的渴望，於是像「性輕躁、趨世利」的潘岳能夠寫出高情千古的〈閑居賦〉也就不足爲奇了。而二謝本是高門子弟，又才華出眾，除了本身的理想外，又兼有對家族的責任，要他們完全超脫物外，終老山林，更是不可能的事情。尤其是謝靈運，身處謝氏家族由極盛轉衰的劉宋時代，心中感慨本多，加上一直被摒於權力核心之外，不平之懷益甚，而其又生性好強、才情過人，本思有一番作爲，於是詩中幽憤鬱勃之氣尤深。雖然他於詩中不斷強調歸隱是自己最初與最終的願望，但實際上他卻一直徘徊仕、隱之間，深爲其苦，如〈登池上樓〉：

> 潛虬媚幽姿，飛鴻響遠音。薄霄愧雲浮，棲川怍淵沈。進德智所拙，退耕力不任。狥祿反（當作及）〔註2〕窮海，臥痾對空林。衾枕昧節候，褰開暫窺臨。傾耳聆波瀾，舉目眺嶇嶔。初景革緒風，新陽改故陰。池塘生春草，園柳變鳴禽。祁祁傷豳歌，萋萋感楚吟。索居易永久，離群難處心，持操豈獨古，無悶徵在今。

此詩作於景平元年（公元四二三年）初春〔註3〕，當時靈運受到徐羨之、傅亮等人的排斥陷害，出守荒僻濱海的永嘉郡。詩中首先便道出自己進退兩難、矛盾難堪的心境，既無法在仕途上求得顯達，又無法退隱躬耕，而徇求祿位竟到了永嘉。次寫久病登樓眺望，見一片春意盎然，勾起了自己思鄉懷歸之意，末了則以保持節操、遁世隱居來安慰自己。雖然最後是以隱居作結，但我們可以清楚地從中感受到詩人內心的矛盾掙扎、憂愁煩悶，「持操豈獨古，無悶徵在今」云云，只是迫於現實無奈的悲吟罷了。又如〈還舊園作見顏范二中書〉：

> 辭滿豈多秩，謝病不待年。偶與張邴合，久欲還東山。聖靈昔迴眷，微尚不及宣。何意衝飆激，烈火縱炎煙。焚玉

〔註 2〕顧紹柏先生《謝靈運集校注》中〈登池上樓〉註⑧：「反，與『返』音義同。元劉履說：『反即前篇「傍歸路」之意』。見《選詩補注》卷六。按，靈運故鄉在會稽郡，而他的任職地點是在永嘉郡，此詩又作于永嘉，用一『反』字不免牽強；宋本《三謝詩》作『及』，似妥。及，到。」（中州古籍出版社、西元 1978 年）。

〔註 3〕此詩之繫年根據顧紹柏先生《謝靈運集校注》中之編年，以下本章所引靈運各詩，如有繫年，皆據此書。

> 發崑峰，餘燎遂見遷。投沙理既迫，如印願亦愆。長與歡愛別，永絕平生緣。浮舟千仞壑，總轡萬尋巔。流沫不足險，石林豈為艱。閩中安可處，日夜念歸旋。事躓兩如直，心愜三避賢。託身青雲上，棲巖挹飛泉。盛明盪氛昏，貞休康屯邅。殊方感成貸，微物豫采甄。感深操不固，質弱易扳纏。曾是反昔園，語往實欵然。曩基即先築，故池不更穿。果木有舊行，壤石無遠延。雖非休憩地，聊取永日閑。衛生自有經，息陰謝所牽。夫子照清（當作情）〔註4〕素，探懷授往篇。

元嘉三年（公元四二六年）宋文帝誅殺徐羡之、傅亮，並率師討滅謝晦。回到建康後，不久徵靈運為祕書監，靈運不赴，再徵，仍不赴。於是文帝遣顏延之、范泰「與靈運書敦獎之，乃出就職」〔註5〕。此詩為靈運答顏、范二人之作，一開始便說明自己心向東山，無意仕宦；但因受武帝的眷愛，暫違素志任官。而武帝死後，徐、傅集團擅權，排斥異己，自己亦受到牽連，貶謫永嘉。後來終能如願回鄉歸隱、以山水為樂。而不久文帝便平定禍亂、恩德廣被，重新起用自己，於是隱逸之思想發生動搖，但自己有家園可以隱居，終究不願再入仕途。詩中對本身的仕宦生涯有一簡明概要的敘述，根據其自敘，我們至少可以找到兩點其自我矛盾衝突之處，其一是武帝之時，違反素來的東山之志而任官，另一則是文帝徵召時，隱居之志發生動搖。雖然詩末曾表示自己仍願繼續隱居故園，但事實證明他終究還是聽從了顏、范的勸告，入都任職，眞是如他自己所說的：「感深操不固，質弱易扳纏」。而在靈運其他的作品中，亦不時有這種矛盾的情況出現，如「違志似如昨，二紀及茲年。緇磷謝清曠，疲薾慚貞堅」〔註6〕、「平生協

〔註4〕清，三謝詩作情，類聚、萬花谷同。情素同情愫，即眞情之意，當從之。

〔註5〕宋書卷六十七謝靈運傳云：「上使光祿大夫范泰與靈運書敦獎之，乃出就職。」宋書中僅提到范泰一人，但本文因配合詩題，故增加了顏延之。

〔註6〕謝靈運〈過始寧墅〉。

幽期，淪躓困微弱。久露干祿請，始果遠遊諾」〔註 7〕等。

謝朓則早年宦途頗爲順遂，以文才受到隨王的寵愛，可謂少年得志，但後來因受到王秀之的嫉妒讒謗，和目睹蕭齊王室骨肉相殘的權力鬥爭，加以自己性格的軟弱，不免有極深的憂懼之情，而思從宦途上歸隱。但是，他又無法捨棄所享有的聲名地位，有時甚至還想有一番轟轟烈烈的作爲，如他自己所說的：「京洛多塵霧，淮濟未安流。豈不思撫劍，惜哉無輕舟」〔註 8〕，這種矛盾徘徊、取捨兩難的心緒便常在詩中流露出來，如〈觀朝雨〉：

> 朔風吹飛雨，蕭條江上來。既灑百常觀，復集九成臺。空濛如薄霧，散漫似輕埃。平明振衣坐，重門猶未開。耳目暫無擾，懷古信悠哉。戢翼希驤首，乘流畏曝鰓。動息無兼遂，歧路多徘徊。方向戰勝者，去翦北山萊。

此詩作於鬱林王隆昌元年（公元四九四年）〔註 9〕，此年亦是海陵王延興元年與明帝建武元年，一年之內帝位三易其主，政局之動蕩不安可知。其時武帝已崩，文惠太子亦薨，蕭齊王室正進行血腥的屠殺與權力爭奪，隨王子隆亦因才貌見殺，朓處斯境，不免自危，內心充滿了憂懼惶惑。此詩因晨起觀雨而有所興感，其中「戢翼希驤首，乘流畏曝鰓。動息無兼遂，歧路多徘徊」正是其矛盾憂惶心緒的最佳說明。「方向戰勝者，去翦北山萊」不過說說罷了。又如〈之宣城郡出新林浦向板橋〉：

> 江路西南永，歸流東北騖。天際識歸舟，雲中辨江樹。旅思倦搖搖，孤遊昔已屢。既歡懷祿情，復協滄洲趣。囂塵自茲隔，賞心於此遇。雖無玄豹姿，終隱南山霧。

此詩作於建武二年（公元四九五年）朓往宣城任太守途中。他能出守

〔註 7〕謝靈運〈富春渚〉。

〔註 8〕謝朓〈和江丞北戍琅邪城〉

〔註 9〕此詩之繫年根據洪順隆先生《六朝詩論》中之附表〈謝朓作品繫年〉，以下本章所引朓各詩，如有繫年，皆據此表。（文津出版社、民國 74 年）

「光宅近甸，奄有全邦」〔註 10〕的宣城，本是剛奪權成功的明帝的恩寵，但朓原與隨王、竟陵王淵源匪淺，加上明帝「性猜忌多慮，故亟行誅戮」〔註 11〕，其不免對此恩遇頗懷疑懼，而有玄豹隱霧、遠害全身之想，但其「既歡懷祿情，復協滄洲趣」終生於宦海中矛盾掙扎，無時或寧。其他詩中如「志狹輕軒冕，恩甚念閨闈」〔註 12〕、「疲驂良易返，恩波不可越」〔註 13〕等，皆可見其徘徊仕、隱之間的矛盾情結。

第二節　儒、道並蓄的政治理念

仕與隱的矛盾在政治思想的層次上所衍生的、往往是一種儒道並蓄的政治理念。在儒家的薰陶下，文人或多或少都會接受淑世的政治理念，入世而世治，往往成了士人生命極重要的部份。然而，當時的士人雖有此情懷，但對於爲政之時應當採取什麼樣的政治態度，卻非純粹只是抱持著儒家的看法，其在某些時候反而更傾向於接受道家法自然無爲的主張。道家思想除了爲仕宦不順者提供了隱逸的正當性外，亦爲當時的爲政者提供了一種理想的政治景象，法自然、垂拱無爲而治的境界成了當時士人對理想政治的憧憬。這種既儒且道的爲政態度與理想，在當時士人所作的詩歌中往往屢見不鮮，二謝的詩歌即可說明此種現象。

在靈運出守永嘉，朓出守宣城的某些詩篇中，我們可以看出二人的政治理念皆是儒、道並蓄的。首先，二人都喜歡營造一種恬靜無爲的氣氛，且對漢代的淮陽太守汲黯心嚮往之：

謝靈運

西京誰修政，龔汲稱良吏。君子豈定所，清塵慮不嗣。早莅建德鄉，民懷虞芮意。海岸常寥寥，空館盈清思。協以

〔註 10〕任昉〈爲齊明帝讓宣城郡公第一表〉。
〔註 11〕南齊書卷六明帝紀。
〔註 12〕謝朓〈休沐重還丹陽道中〉。
〔註 13〕謝朓〈冬緒羈懷示蕭諮議虞田曹劉江二常侍〉。

上冬月，晨遊肆所喜。千圻邈不同，萬嶺狀皆異。威摧三山峭，瀄汩兩江駛。漁舟豈安流，樵拾謝西芘。人生誰云樂，貴不屈所志。(〈遊嶺門山〉)

昔余遊京華，未嘗廢丘壑。矧乃歸山川，心跡雙寂寞。虛館絕諍訟，空庭來鳥雀。臥疾豐暇豫，翰墨時間作。懷抱觀古今，寢食展戲謔。既笑沮溺苦，又哂子雲閣。執戟亦以疲，耕稼豈云樂。萬事難並歡，達生幸可託。(〈齋中讀書〉)

謝朓

淮陽股肱守，高臥猶在茲。況復南山曲，何異幽棲時。連陰盛農節，籉笠聚東菑。高閣常晝掩，荒階少諍辭。珍簟清夏室，輕扇動涼颸。嘉魴聊可薦，綠蟻方獨持。夏李沈朱實，秋藕折輕絲。良辰竟何許，夙昔夢佳期。坐嘯徒可積，爲邦歲已朞。弦歌終莫取，撫枕令自嗤。(〈在郡臥病呈沈尚書〉)

國小暇日多，民淳紛務屏。闢牖期清曠，開簾候風景。泱泱日照溪，團團雲去嶺。岧嶢蘭橑峻，駢闐石路整。池北樹如浮，竹外山猶影。…… (〈新治北窗和何從事〉)

汲黯是二人心目中理想的太守形象，他是一個典型道家清靜無爲的官吏，《漢書、卷五十、汲黯傳》稱：「黯學黃老言，治官民好清靜。擇丞史任之，責大旨而已，不細苛。黯多病，臥閤內不出，歲餘，東海大治。」二謝在詩中也常刻意營造這種無爲垂拱而治的氣氛，極言郡內太平無事、缺少諍訟，自己可以愜意地遊賞風景或飲宴寫作。這是因爲當時道家思想盛行，本尚清靜；加上九品中正行之已久，清閑廩重之職幾爲世族壟斷；又因自宋武帝劉裕以來，皇室有意解除這些世家大族的實權，機要之務多任用寒素，於是貴族子弟多不理實務，甚至形成一種風尚。在此狀況下，勤於政事者，反而爲世所譏，《梁書、卷三十七、何敬容傳》就有這樣的記載：「敬容久處台閣，詳悉舊事，且聰明識治，勤於簿領，詰朝理事，日旰不休。自晉、宋以來，宰相皆文義自逸，敬容獨勤庶務，爲世所嗤鄙。」故二謝於詩中極力塑造一種無爲的形象，當是極自然的事。

然而，當他們看到一般平民困苦的生活情況，就不禁動了惻隱之心，儒家淑世之胸懷也油然而生，於是便想要勤於政務、做個有爲的好太守以改善他們的生活，所以，有像〈白石巖下徑行田〉、〈賦貧民田〉等令人感動、充滿著儒者情懷的詩篇出現：

> 小邑居易貧，災年民無生。知淺懼不周，愛深憂在情。舊業横海外，蕪穢積頹齡。饑饉不可久，甘心務經營。千頃帶遠堤，萬里瀉長汀。洲流涓澮合，連統塍埒并。雖非楚宮化，荒闕亦黎萌。雖非鄭白渠，每歲望東京。天鑒儻不孤，來茲驗微誠。（謝靈運〈白石巖下徑行田〉）

此詩作於景平元年（公元四二三年），靈運於永嘉郡白石山一帶巡視農田，見到四處一片荒蕪、民不聊生的景象，因而惻隱之心大動，決心興修水利來改善人民困苦的生活。「千頃帶遠堤……每歲望東京」即是其對興修水利後的設想，可見靈運是相當有誠意的，而他能夠吟出「知淺懼不同，愛深憂在情」這種恤民、愛民的句子，的確令人動容，顯然這並不是一個純粹的道家信徒所能有的表現，反而更是一個典型的儒官心態。

> 假遇非將迎，靖共延殊慶。中歲歷三臺，旬月典邦政。曾是共治情，敢忘卹貧病。將無富教禮，孰有知方性。敦本抑工商，均業省兼并。察壤見泉脈，覘星視農正。黍稷緣高殖，穲稌即卑盛。舊埒新塍分，青苗白水映。遙樹匝清陰，連山周遠淨。即此風雲佳，孤觴聊可命。既微三載道，庶藉兩歧詠。俾爾倉廩實，余從谷口鄭。（謝朓〈賦貧民田〉）

此詩作於建武三年（公元四九六年），玄暉巡視宣城郡內貧民之田而有所抒發。詩中的玄暉也是一個典型的勤政愛民儒官，他施政的理想是使人民能夠達到「富教」、「知方」的境界，愛護貧苦農民的政策是「敦本抑工商，均業省兼并」，而他平常則是不辭辛勞地「察壤見泉脈，覘星視農正」，在此，流露於字裡行間的是濃厚的儒家情懷，絕非只是一個無爲的道家官吏。

除此之外，像〈命學士講書〉、〈種桑〉、〈忝役湘州與宣城吏民別〉

等詩，皆可窺見二人具有儒家的政治理想：

臥病同淮陽，宰邑曠武城。弦歌愧言子，清淨謝伏（當作汲）〔註 14〕生。古人不可攀，何以報恩榮。時往歲易周，聿來政無成。曾是展予心，招學講群經。鑠金既云刃，凝土亦能鉶。望爾志尚隆，遠嗣竹箭聲。敢謂荀氏訓，且布蘭陵情。待罪豈久期，禮樂俟賢明。（謝靈運〈命學士講書〉）

謝人陳條柯，亦有美攘剔。前修爲誰故，後事資紡績。常佩知方誡，愧微富教益。浮陽鶩嘉月，藝桑迨閒隙。疏欄發近郛，長行達廣埸。曠流始毖泉，湎塗猶跬跡。俾此將長成，慰我海外役。（謝靈運〈種桑〉）

弱齡倦簪履，薄晚忝華奧。閒沃盡地區，山泉諧所好。幸遇昌化穆，惇俗罕驚暴。四時從偃息，三省無侵冒。下車遽暄席，紆服始黔眺。榮辱未遑敷，德禮何由導。汩徂奉南岳，兼秩典邦號。疲馬方云驅，鉛刀安可操。遺惠良寂寞，思靈亦匪報。桂水日悠悠，結言幸相勞。吐納貽爾和，窮通勗所蹈。（謝朓〈忝役湘州與宣城吏民別〉）

其中〈命學士講書〉作於景平元年秋，靈運即將離開永嘉郡，特地召集當地的學生，要他們講解群經〔註 15〕，並希望他們好好修養、充實自己，並樹立遠大志向，以成爲有用之才。這是一首充滿儒家情調的詩篇，經書本來就是儒家的代表，再加上荀子、禮樂等儒家的人物與象徵，其心意可知。〈種桑〉亦復如此，景平元年春，靈運親自帶領百姓在永嘉城郊種植桑樹，以促進紡織事業，頗有愛民之情。其中「知方」、「富教」等，皆是儒家的政治理念。而〈忝役湘州與宣城吏民別〉則是謝朓往湘州任職，離開宣城前夕所作〔註 16〕，其中「榮辱未遑敷，

〔註 14〕「伏生」與文義無關，當作「汲生」。因首四句有相互的關連性在，第三句承第二句而來，第四句承第一句而來。顧紹柏先生《謝靈運集校注》中〈命學士講書〉註⑤便云：「伏生，當作『汲生』，各本皆誤。」（中州古籍出版社、西元 1978 年）。

〔註 15〕此據顧紹柏先生《謝靈運集校注》中之注釋。

〔註 16〕謝朓役於湘州之事，史傳無載。

德禮何由導」二句，最可看出玄暉的政治理想。

總而言之，儒、道一直是中國知識分子賴以安身立命的兩種思想，無論是政治上或生活上，他們都出入兩者之間，絕少有人是純粹道家或純粹儒家。劉宋以後，世族子弟多無實權，甚至於演變成以不理實務爲尚、譏諷勤於政事者的風氣。然則，此種表面上所刻意營造出來的垂拱而治的景象，此種以無爲爲上的表面說詞，其實潛藏著深層的無奈，日漸失勢的世族，在倡言清靜之時，又何嘗不企盼著能在政治上有一番作爲。在既有儒家的薰陶下，他們其實已在無形中接受了人生應當仕進以求淑世的生命意義，故當他們看到百姓的困苦生活時，便會不時興起應當勤於政務，以積極的政治行動改善其生活的想法。是以，在道家思想盛行、儒家思想中衰之際，二謝詩中仍會流露出濃厚的儒者情懷也就不足爲奇！這種透過詩的語言所表露出的政治理想，一如仕與隱的矛盾，皆可說是世族集體心聲的具體反映。

第三節　歎逝的情懷

歎逝從東漢末的古詩十九首開始，便成爲詩歌中一個常見的主題，強調的是一種性命短暫、人生無常的悲感。蓋自黃巾亂起，整個社會便動盪不安，戰亂頻仍、疾疫流行，人命朝不保夕。在這樣的亂世裡，人們反而更加有意識地探究著人生的意義與價值。到了晉、宋之際，情況依然如此，李澤厚即說：「對生死存亡的重視、哀傷，對人生短促的感慨、喟歎，從建安直到晉、宋，從中下層直到皇家貴族，在相當一段時間中和空間內瀰漫開來，成爲整個時代的典型音調。」〔註17〕甚至到了齊代，謝朓的詩裡也往往流露出同樣的感傷。二謝詩裡每每出現歎逝之情，除了上述社會與文學傳統的影響外，又與個人、家族之因素有密不可分的關係。謝氏家族的由盛而衰相當程度加深了大小謝對於如是傳統的接受與發揮，歎逝於焉沾染了一份對家

〔註17〕李澤厚《美的歷程》頁88（元山書局、民國75年）。

族、乃至於世族集體命運時不我予的欷吁之情。

靈運在詩歌中往往流露出對時光迅速流逝的莫可奈何心情：

> 騷屑出穴風，揮霍見日雪。颼颼無久搖，皎皎幾時潔。未覺泮春冰，已復謝秋節。空對尺素遷，獨視寸陰滅。(〈折楊柳行〉)
>
> 偃仰倦芳褥，頻步憂新陰。謀春不及竟，夏物遽見侵。(〈讀書齋〉)
>
> 明月照積雪，朔風勁且哀。運往無淹物，年逝覺易催。(〈歲暮〉)

面對著大自然的物換星移，詩人往往有著深深的無力感，落寞悵惘的愁緒不僅凝聚於詩人當時的心中，更穿越了時空的限制，撼動了千古的人心。大自然四季的更迭，時序的交替雖是循環的、是永恆的、是年年不變的，但詩人所感受到的卻反而是其流變、甚而消逝的一面，對照著自己青春的一去不返，詩人在時光流逝、春秋更迭之中，總是特別容易感傷自己的衰老：

> 倏爍夕星流，昱奕朝露團。粲粲烏有停，泫泫豈暫安。徂齡速飛電，頹節騖驚湍。覽物起悲緒，顧己識憂端。朽貌改鮮色，悴容變柔顏。變改苟催促，容色烏盤桓。亹亹衰期迫，靡靡壯志闌。既慚臧孫慨，復愧楊子歎。(〈長歌行〉)
>
> 草草眷徂物，契契矜歲殫。楚艷起行戚，吳趨絕歸歡。修帶緩舊裳，素鬢改朱顏。晚暮悲獨坐，鳴鶗歇春蘭。(〈彭城宮中直感歲暮〉)
>
> 未厭青春好，已覩朱明移。感感感物歎，星星白髮垂。(〈遊南亭〉)

華顏變為鶴髮，固然令人感傷，但是除了這種容貌的改變之外，一種對時光消逝的壓迫感——無法在有生之年實現個人的抱負，卻更深刻地襲擊著詩人的心靈，就如其自述：「亹亹衰期迫，靡靡壯志闌。既慚臧孫慨，復愧揚子歎。」年老志消、一事無成的哀感，更加令人難以承受。

壯志難酬固令人情何以堪，弔詭的是，詩人在面對這短促無常的人生時，興起的卻往往是及時行樂的生活態度，這種想法便經常在靈運的詩裡出現：

陽谷躍升，虞淵引落。景曜東隅，晼晚西薄。三春燠敷，九秋蕭索。涼來溫謝，寒往暑卻。居德斯頤，積善嬉謔。陰灌陽叢，凋華墮萼。歡去易慘，悲至難鑠。擊節當歌，對酒當酌。鄙哉愚人，戚戚懷瘼。善哉達士，滔滔處樂。（〈善哉行〉）

寸陰果有逝，尺素竟無觀。幸賒道念戚，且取長歌歡。（〈長歌行〉）

出西門，眺雲間，揮斤扶木墜虞泉。信道人，鑒徂川，思樂暫捨誓不旋。閔九九，傷牛山，宿心載違徒昔言。競落運，務頹年，招命儕好相追牽。酌芳酤，奏繁絃。惜寸陰，情固然。（〈順東西門行〉）

這無疑是古詩十九首裡一種典型的情思：「浩浩陰陽移，年命如朝露。人生忽如寄，壽無金石固。……不如飲美酒，被服紈與素。」「生年不滿百，常懷千歲憂。晝短苦夜長，何不秉燭遊。爲樂當及時，何能待來茲。」都是一種生命短暫，必須及時掌握光陰、在有限的年歲裡好好享受人生的論調。因此，香醇的美酒、動聽的音樂、華美的衣裳，甚至日夜不分的遊樂都是自然而然的事了。靈運那種肆意遊山玩水、不顧現實職責的行爲，或可說是這種思想的具體實現吧！

歲月的流逝，除了引發詩人本身的感傷及思索生命的意義之外，亦會激起其對人事的懷想。這是對已然消逝的往日美好時光的眷戀，尤其是與自己相知相得之人，更常是所懷念的對象。〈擬魏太子鄴中集〉序曰：「建安末，余時在鄴宮，朝遊夕讌，究歡愉之極。天下良辰、美景、賞心、樂事，四者難并。今昆弟友朋、二三諸彥，共盡之矣。……歲月如流，零落將盡，撰文懷人，感往增愴。」此亦是靈運個人情懷的流露，蓋其當年與廬陵王義眞、顏延之、慧琳等人志同道合，朝夕相處，度過了一段相當愉快的時光，義眞甚至說過得志之日以靈運、延之爲宰相的話，〈擬魏太子鄴中集〉八首的創作，即有相當大的成份是出於對義真等人的懷念。

此外，靈運亦常在光陰飛逝之中，表現出對家族內堂兄弟的懷念之情：

寢處譏說，指辰忌薄。仳離未幾，節至釆穫。靜念霜繁，長懷景落。人道分慮，前期靡託。(〈贈從弟弘元、其五〉)
契闊群從，繾綣遊娛。歷時閱歲，寒暑屢徂。接席密處，同軫修衢。孰云異對，翔集無殊。(〈贈從弟弘元時為中軍功曹住京、其四〉)
子既祇命，餞此離襟。良會難期，朝光易侵。人之執情，眺景悼心。分手遵渚，傾耳淑音。(〈贈從弟弘元時為中軍功曹住京、其五〉)
揮手未幾，鑽燧推斥。青春屏轡，素秋係跡。媚彼時漁，戀此分析。我勞行久，實獲予感。(〈贈安成〉)
玉衡迅駕，四節如飛。急景西馳，奔浪赴沂。英華始翫，落葉已稀。惆悵衡皋，心焉有違。(〈答謝諮議、其一〉)
告離甫爾，荏冉迴周。懷風感遷，思我良疇。豈其無人，莫與好仇。孰曰晏安，神往形留。(〈答謝諮議、其二〉)

其中弘元生平不詳，史書無載，不過從詩中可知靈運與之情誼深厚。安成則是安成太守謝瞻，謝諮議即謝弘微，時任鎮西諮議參軍，二人皆是當年靈運居住建康烏衣巷內，飲酒論詩的同伴。靈運在詩中表達了自己與他們分離後的思念之情，而往日盛極一時的「烏衣之遊」，想必亦是其所深深懷念的。

事實上，靈運身處晉、宋易代之際，對家族的興衰有特別強烈之感受。蓋陳郡謝氏於淝水戰後，無論聲名或勢力均臻於鼎盛，其後對東晉政局一直有極大的影響力；但自劉裕篡晉之後，對世家大族採取壓抑政策，世族的地位陡降，靈運處此境況，自然感觸良多，其詩中好景不常的悲感與此當有密切關連，雖然詩裡並未明說，但處於家族至上的當時社會，詩人心態受其影響，是十分合理的事。

謝朓詩中亦有對於時光匆匆的無奈，如：「白蘋望已騁，緗荷紛可襲。徒顧尺波旋，終憐寸景戢。對窗斜日過，洞幌鮮飆入。浮雲去欲窮，暮鳥飛相及。」〔註18〕亦喜歡感歎自己的衰老，如「寒燈耿宵夢，清鏡悲曉髮。……客念坐嬋媛，年華稍菴薆。」〔註19〕「江潭良在目，懷賢興累歎。歲暮不我期，淹留絕巖畔。」〔註20〕「葳蕤向春秀，芸黃共秋色。薄暮傷哉人，嬋媛復何極。」〔註21〕（其中「歲暮」、「薄暮」等皆具象徵的意義，詩人用年終與日落來表示自己的年老。）這與靈運的心境其實是相同的。然而，靈運在詩裡常表現出及時行樂的心態，朓卻往往懷有一種空無之悲，華屋、美樂皆變得毫無意義：

物色盈懷抱，方駕娛耳目。零落既難留，何用存華屋。（〈出下館〉）

琴瑟徒爛熳，姱容空滿堂。春顏遽幾日，秋鬢終茫茫。（〈秋夜講解〉）

謝氏家族到了蕭齊時代更爲衰落，朓甚至與出身寒微、不學無文的王敬則之女通婚，只因王敬則握有兵權，是實際上具有影響力之人，這在當時是相當不平常的事，也證明了謝家至此是眞正衰微了。在這種情況之下，朓對家族命運的快速轉變當然深致慨歎，而對於先祖轟轟烈烈的功業亦深致仰慕之意：

戎州昔亂華，素景淪伊穀。阽危賴宗衮，微管寄明牧。長蛇固能翦，奔鯨自此曝。道峻芳塵流，業遙年運倏。平生仰令圖，吁嗟命不淑。浩蕩別親知，連翩戒征軸。（〈和王著作融八公山〉）

而〈和伏武昌登孫權故城〉一詩雖然說的是孫吳的興衰，卻多少有作者對家族命運感慨的投射：

炎靈遺劍璽，當塗駭龍戰。聖期缺中壤，霸功興禹縣。鵲

〔註18〕謝朓〈夏始和劉潺陵〉。
〔註19〕謝朓〈冬緒羇懷示蕭諮議虞田曹劉江二常侍〉。
〔註20〕謝朓〈和劉繪入琵琶峽望積布磯〉。
〔註21〕謝朓〈望三湖〉。

起登吳臺，鳳翔陵楚甸。衿帶窮巖險，帷帟盡謀選。北拒溺驂鑣，西龕收組練。江海既無波，俯仰流英盼（當作眄）〔註 22〕。衮冕類禋郊，卜揆崇離殿。釣臺臨講閱，樊山開廣讌。文物共葳蕤，聲明且葱蒨。三光厭分景，書軌欲同薦。參差世祀忽，寂寞市朝變。舞館識餘基，歌梁想遺囀。故林衰木平，荒池秋草徧。雄圖悵若茲，茂宰深遐睠。幽客滯江皋，從賞乖纓弁。清卮阻獻酬，良書限聞見。幸藉方音多，承風采餘絢。于役倘有期，鄂渚同遊衍。

三國時的孫吳曾經盛極一時，無論在武功或文化方面皆引人注目，然而在時移事往、世代交替之下，一切都成過眼雲煙，透過今昔的對照，詩人營造出的是一種戲劇性對比的張力，悵然失落之感流露於字裡行間。面對著無力回天的命運，人們也只有從廢墟遺跡裡去想像當年的繁華。謝氏又何嘗不是如此呢？淝水之役的偉大功績、江左風流的領導者，如今皆成昨日幻夢，對玄暉而言，之所以會吟出「參差世祀忽，寂寞世朝變。舞館識餘基，歌梁想遺囀。故林衰木平，荒池秋草徧」的深刻今昔之感，絕對不是偶然的！

總而言之，從建安以降，對生死存亡、人生短暫的歎逝之情，到了宋齊之際，因世族地位的衰頹而有了新的面貌。大小謝詩作中歎逝情懷的出現，一如仕與隱的矛盾以及儒道並蓄的政治理念等共同情思，皆是家道中落影響下的具體產物。處在家族凋零的一連串變故當中，處在世族日漸衰微的情境下，大小謝有如是相同的感受與理解，實是不難想像的。詩，是集體精神的語言，也是社會文化的具體見證，總是以各種直接或間接的方式，透露出當代的種種心聲，對晉宋之際世族衰頹的情勢而言，二謝的詩作，尤其是其中所展露出來的共同情

〔註 22〕逯欽立先生《先秦漢魏晉南北朝詩》：「盼，詩紀作眄。六臣本文選注云：五臣作眄字。」曹融南先生《謝宣城集校注》中〈和伏武昌登孫權故城〉注（七）：「按，作『眄』是。說文：『眄，一曰衺視也。』段注：『自關而西秦晉之間曰眄。薛綜曰：「流眄，轉眼貌也。」』。流英眄，謂有意於中原。」。

思，即代表了這種世族命運一體的弦外之音。

值得注意的是，大小謝的詩作中雖有如此的共通之處，卻仍具有各自獨特的風貌。例如同是歎逝之情，兩者卻因而衍生了不同之心態，靈運歌頌及時行樂、玄暉卻感嘆於空無的悲涼。兩者在面對著家族共同的處境，在承繼著世族的一體命運時，雖同樣有著休戚與共的感受，也以詩文具體地道出了如此的心聲，卻仍有著各自獨特鮮明的面貌。因此，世族或時代的命運顯然已非刻劃作品之唯一痕跡，康樂詩中的孤傲高亢、以及玄暉詩中的憂懼不安亦恐非家族學養與風範所能概括，顯然有必要從心理及個人的層面更深入地加以解析，就此，個人經歷、性格特質與對整體世族命運獨特的因應方式，恐怕亦將是理解大小謝詩作不可或缺的另一面向！

第四章　差異的人生際遇與大小謝詩歌內容的獨特性

劉宋皇帝起自布衣，爲壓抑世族之須，政務多委以寒素，世家大族因而邁向了衰微之途。身處如此社會政治潮流之中，靈運與玄暉的詩作在某種意義上即表徵了謝氏家族、乃至於世族命運的共同心聲，二人超越時空所醞釀出的共同情思，可說傳達了如此的意涵。然則，靈運與玄暉雖同是陳郡謝氏家族之成員，但二人卻有著極不同的生平經歷、交遊狀況與性情個性，靈運生性桀傲不群，任性縱情、恃才傲物、標新立異、自我中心是其性格上之具體特質；玄暉則性格懦弱溫和，逃避畏縮、矛盾不安、和善愛才、文敏善謔可說是其一生的寫照。生在既有的政治社會現實之中，靈運基本上可說是一個體制的不妥協者，歸隱於是成了其異議現實的具體行動，所交遊者亦多類似的人物；玄暉則是一個臣服於既有體制的唯唯諾諾者，雖有微詞，卻只能瑟縮在陰暗的角落獨自飲泣。這種性格與經歷的極端差異不僅直接關係著兩者將如何詮釋、理解並面對世族的共同命運，亦與他們詩歌的創作與表現息息相關，大謝之詩巉削繁富、小謝則清美婉麗，兩者風貌上之差異雖不免受當代詩風之影響，卻與兩謝獨特之經歷與個性脫不了關係，文學、尤其是詩的創作對兩者而言實是扮演了不同的角色，值得進一步予以探討。

第一節　放任不拘、縱情抗議的謝靈運及其交遊

靈運與玄暉雖屬同一家族，但兩者生平、交遊以及個性卻大不相同。靈運素以放任不拘見著、性喜標新立異，是以面對著家族衰落的悲慘命運時，採取了幾近於我行我素的應對態度，並因而形塑了獨特的情思、以及詩文表現風貌。以下係以《宋書》卷六十七〈謝靈運傳〉與顧紹柏先生〈謝靈運生平事跡及作品繫年〉〔註1〕爲主要依據，對其生平經歷加以敘述：

謝靈運生於東晉孝武帝太元十年（公元三八五年），爲淝水之戰名將謝玄之孫。父瑍，生而不慧，爲祕書郎，早亡。靈運自幼便聰明穎悟，謝玄曾謂：「我乃生瑍，瑍那得生靈運！」〔註2〕靈運本籍陳郡陽夏（今河南太康），晉室南渡，遂移籍會稽（今浙江紹興），會稽一帶素饒山川之美，《世說新語・言語》中便有這樣的記載：

> 顧長康自會稽還，人問山川之美。顧云：「千巖競秀，萬壑爭流，草木蒙籠其上，若雲興霞蔚。」

這樣一個風景秀麗之地，便是靈運的故鄉。

靈運出生後，便被送往錢塘，寄養在道士杜明師家中，這一住就是十五年，從孝武帝太元十年（公元三八五年）到安帝隆安三年（公元三九九年）。由於自幼寓居於外，於是有「客兒」〔註3〕、「阿客」〔註4〕等稱號，後人亦常稱之爲「謝客」〔註5〕。

孫恩之亂時，會稽不保，內史謝琰見害。因此謝氏族人避居建康，靈運亦在隆安三年（是年十月孫恩攻下會稽）結束客居生活而

〔註1〕顧紹柏〈謝靈運生平事跡及作品繫年〉收於其書《謝靈運集校注》內，爲〈附錄二〉。（中州古籍出版社，西元1978年）。

〔註2〕宋書卷六十七謝靈運傳。

〔註3〕鍾嶸《詩品》：「初，錢塘杜明師，夜夢東南有人來入其館，是夕即靈運生於會稽。旬日而謝玄（應是謝安）亡。其家以子孫難得，送靈運於杜治養之。十五方還都，故名客兒。」

〔註4〕宋書卷五十八謝弘微傳：「（混）常云：『阿遠剛躁負氣，阿客博而無檢。』」

〔註5〕鍾嶸《詩品・序》：「謝客爲元嘉之雄，顏延年爲輔。」

至建康。此時，濱海之郡雖動盪不安，而謝家居於京師烏衣巷內，卻仍然詩酒風流，以文義賞會，這就是有名的「烏衣之遊」。混、靈運、瞻、曜、弘微皆是核心人物。這樣風雅愜意的生活持續了六年，直到安帝義熙元年（公元四〇五年）三月，靈運出仕爲琅琊王大司馬司馬德文行參軍，始入宦途〔註 6〕。從此以後，靈運便終生徘徊於仕、隱之間，過著棲止不定的生活。

他做琅琊王大司馬行參軍的時間極短，同年五月，便因從叔謝混的關係，成爲撫軍將軍豫州刺史劉毅的記室參軍。劉裕和劉毅是

〔註 6〕靈運始仕的時間若根據其詩之自敘，難以得到一確定的年份，但顧紹柏先生對此有詳細之考述，認爲其始仕當在義熙元年，頗爲可信。〈永初三年七月十六日之郡初發都〉中有「從來漸二紀，始得傍歸路」二句，顧註曰：「從來，謂踏入仕途以來。二紀，二十四年。紀，記年單位，十二年爲一紀。《書・畢命》：『既歷三紀。』僞孔傳：『十二年曰紀。』靈運《勸伐河北書》亦云，『但長安違律，潼關失守，……十有二載，是謂一紀』。按寫于同年的《過始寧墅》詩亦有『二紀及茲年』句，倘依此推算，靈運始服官當在晉隆安二年（公元三九八年），那年他才十四歲，查史書，得不到十四歲任官的證據，同時于情理亦不合。靈運寫于景平元年（公元四二三年）的《初去郡》詩云：『牽絲及元興，解龜在景平。負心二十載，于今廢將迎。』依這幾句提供的時間來推算，他做官始于元興二年（公元四〇三年），時年十九，證明前面提到的『二紀』不過是概數。然而史書也沒有提供十九歲做官的線索，『二十載』也同樣不精確。他的另一與《初去郡》寫作時間相同的《辭祿賦》寫道：『自牽綴于朱絲，奄二九于斯年。』這裡是說做了十八年官，依此推算，始仕當在晉義熙元年（公元四〇五年），這年他二十一歲。《宋書》卷六七本傳第一次提到靈運做官是這樣寫的：『以國公例，除員外散騎侍郎，不就。爲琅邪王大司馬行參軍。』除員外散騎侍郎乃晉隆安三年（公元三九九年）事，時靈運十五歲；既然是『不就』，當然不能算是爲官之始；接下去便是任琅邪王大司馬行參軍了。具體時間本傳沒有提供，再查《晉書・安帝紀》，義熙元年（正月下詔改元）三月，安帝自江陵還建康，『庚子，以琅邪王（司馬）德文爲大司馬』。由此可見，他始仕確在義熙元年。」又〈初去郡〉有「牽絲及元興」句，顧註曰：「牽絲，牽執印綬，指初次做官。元興，晉安帝年號。公元四〇二～四〇四年。按靈運始仕時間是義熙元年（公元四〇五年）三月司馬德文任大司馬以后。而年號由元興改爲義熙，是在正月戊戌日。時間相差無幾，故靈運使用了前年號。靈運當時任琅邪王大司馬行參軍。」（《謝靈運集校注》、中州古籍出版社、西元 1978 年）。

東晉末平定桓玄之亂的二大功臣，可是，後來因爭奪權力而內鬨，結果在義熙八年（公元四一二年）十月，毅爲裕所敗，身死江陵。在此期間，靈運一直追隨著劉毅，劉毅在義熙八年九月爲荊州刺史鎭江陵時，靈運爲其衛軍從事中郎，亦居江陵。不久，毅伏誅，劉裕採納毅府諮議參軍申永的建議：「除其宿釁，倍其惠澤，貫敘門次，顯擢才能。」〔註 7〕於是靈運被貶爲太尉參軍，後又爲祕書丞。大約在義熙八年年底，靈運因事第一次免官，閑居建康。這次閑居爲時四年餘，至義熙十二年（公元四一六年）五月，劉裕伐長安，以驃騎將軍劉道憐留守建康，道憐才以靈運爲諮議參軍。之後，轉中書侍郎，又爲世子中軍諮議、黃門侍郎，並奉使慰勞劉裕於彭城，作〈撰征賦〉及〈彭城宮中直感歲暮〉詩，乃除宋國黃門侍郎，遷相國從事中郎、世子左衛率。坐殺門生，免官。

恭帝元熙二年（公元四二〇年），劉裕篡晉，降靈運康樂縣公爲康樂縣侯，食邑由原來的二千戶減爲五百戶。起爲散騎常侍、轉太子左衛率。劉宋立國之後，靈運一直很不得志，擔任的也都是一些有職無權的閑散官職。《宋書、卷六十七、本傳》謂：「靈運爲性褊激，多愆禮度，朝廷唯以文義處之，不以應實相許。自謂才能宜參權要，既不見知，常懷憤憤。」靈運之所以不受朝廷重用，除了個性的原因外，他與劉毅、謝混的密切關係，亦使劉裕不能釋懷，而對其存有防備猜忌之心。一向自視甚高的靈運，當然不能忍受這樣的待遇，於是心中充滿了憤恨與不平。這時，武帝第二子廬陵王義眞，與靈運意氣相投，相交甚篤。加上顏延之、慧琳等人，周旋異常，義眞甚至說：「得志之日，以靈運、延之爲宰相，慧琳爲西豫州都督。」〔註 8〕這樣的言行引起了徐羨之等當權者的不安，並曾使范晏加以告誡，後更逼迫劉義眞出鎭歷陽〔註 9〕，顏延之出爲始安

〔註 7〕宋書卷九十三隱逸宗炳傳。
〔註 8〕宋書卷六十一廬陵孝獻王義眞傳。
〔註 9〕同上註。

太守〔註 10〕，靈運則貶爲永嘉太守。此後劉義眞更繼續受徐羨之等人的迫害，先是廢爲庶人，最後被殺於徙所新安郡。

武帝永初三年（公元四二二年）七月，靈運離開京師去永嘉就職。由於心中有所不滿，於是整天遊山玩水，不理政事，並且在一年之後稱疾去職。靈運於永嘉太守任內，完成了許多描寫山水之勝的詩篇，例如：〈永初三年七月十六日之郡初發都〉、〈鄰里相送至方山〉、〈過始寧墅〉、〈富春渚〉、〈初往新安至桐廬口〉、〈七里瀨〉、〈夜發石關亭〉、〈登池上樓〉、〈晚出西射堂〉、〈登永嘉綠嶂山〉等二十餘首，奠定了在詩壇不朽的地位。

靈運去職之後，回到會稽始寧，與隱士王弘之、孔淳之等，共爲山澤之遊，「有終焉之志」〔註 11〕。此時期摹山範水的文字亦不少，他著名的〈山居賦〉便是此時期的作品。此次隱居大約有兩年多的時間，至文帝元嘉三年（公元四二六年）他才又出仕。

元嘉三年，徐羨之、傅亮、謝晦等以廢弒少帝之罪伏誅。文帝徵靈運爲秘書監，他再召不起，因而文帝使光祿大夫范泰與靈運書敦獎之，他才出任此職。原以爲政敵已除，可以好好地發展自己的抱負，沒想到他的職務卻只是整理秘閣圖書、補足遺闕和撰寫晉書而已，根本無法參與實際政務。而且「文帝唯以文義見接，每侍上宴，談賞而已」〔註 12〕。他發現文帝對自己的態度與劉裕並無二致，於是「多稱疾不朝直，穿池植援，種竹樹堇，驅課公役，無復期度。出郭遊行，或一日百六、七十里，經旬不歸，既無表聞，又不請急」〔註 13〕。狂放之行，過於永嘉，顯然是有意向朝廷的權威挑戰。當時的大臣們對靈運這種行爲都很不諒解，因此文帝暗示他自動辭職。於是他上表陳疾，辭歸鄉里。臨行，還上書勸文帝伐河北，文辭極慷慨激昂，充滿

〔註 10〕宋書卷七十三顏延之傳。
〔註 11〕宋書卷六十七謝靈運傳。
〔註 12〕同上註。
〔註 13〕同上註。

了愛國熱忱。然而回到故鄉始寧以後，他仍然夜以繼日地遊娛宴集，放縱不羈，於是被御史中丞傅隆彈奏而免官。這是元嘉五年（公元四二八年）的事，靈運四十四歲。這次出仕只有短短兩年的時間。

在再度隱居生活期間，他與族弟惠連、東海何長瑜、潁川荀雍、泰山羊璿之以詩文賞會，共爲山澤之遊，時人謂之「四友」。且藉著父祖留下的雄厚產業和所擁有的數百個奴僮門生，成天「鑿山浚湖，功役無已」〔註14〕，且「尋山陟嶺，必造幽峻，嚴嶂千重，莫不備盡」〔註15〕。爲了遊山玩水的方便起見，他還發明了一種木屐，上山去其前齒，下山則去後齒。這次隱居期間，他所做的盡是些擾民的行徑。例如有次他帶領數百人伐木開徑，臨海太守王琇還誤以爲是山賊造反。此外，他還爲了求湖爲田之事，和會稽太守孟顗鬧得不可開交，孟顗一氣之下便誣告靈運造反，且發兵自防。靈運發現事態嚴重，因此連忙馳赴京都，上表以明自己的清白。文帝也知道他是被誣告的，並沒有怪罪，但是怕他回會稽後，又和孟顗發生衝突，因此起用他爲臨川內史，以佐臨川王劉義慶。這一年是元嘉七年（公元四三○年），靈運四十六歲。

靈運結束第二次隱居生涯，前往臨川任職後，仍然一本往日作風，「在郡遊放，不異永嘉」〔註16〕。於是被有司所糾，司徒劉義恭派遣隨州從事鄭望生至臨川收捕靈運，靈運竟反將望生拘捕起來，興兵反叛。然而很快地就被朝廷的軍事力量鎮壓住了。文帝愛其才，僅欲免官而已，但彭城王義康堅持謂靈運罪不可恕，文帝乃下詔曰：「靈運罪釁累仍，誠合盡法。但謝玄勳參微管，宜宥及後嗣，可降死一等，徙付廣州。」〔註17〕

靈運到廣州後，不幸又發生了一件事。秦郡府將宗齊受至涂口，

〔註14〕同上註。
〔註15〕同上註。
〔註16〕同上註。
〔註17〕同上註。

行經桃墟村時，看見有七個可疑的人物在路上，於是還告郡縣，將七人逮捕起來。其中有一個名叫趙欽的嫌犯說：

> 同村薛道雙先與謝康樂共事，以去（年）九月初，道雙因同村成國報欽云：「先作臨川郡，犯事徙送廣州，謝給錢令買弓、箭、刀、楯等物，使道雙要合鄉里健兒，於三江口篡取謝。若得者，如意之後，功勞是同。」遂合部黨要謝，不及，既還飢饉，緣路爲劫盜。(《宋書、卷六十七、謝靈運傳》)

到了這時，就是文帝也無法再袒護靈運了，於是下詔於廣州棄市。一代詩人就這樣結束了他多彩多姿的一生。死時爲元嘉十年（公元四三三年），年四十九。

以此觀之，靈運生平一再徘徊於隱退與仕進之間。而根據史傳所載，不難看出其性格具有如下的幾點特質：

（一）任性縱情

靈運行事完全不顧慮後果，常憑自己一時的感覺與好惡。如他在盛怒之下，殺了與其嬖妾私通的門生桂興，然後棄屍洪流。因此事發生在京畿之中，故使得人盡皆知、輿論譁然，並且受到王弘嚴厲的彈劾〔註18〕。再如他出守永嘉時，整天遊山玩水、怠忽職守，僅做了一年便稱疾去職，如此舉動當然會引起當權派的疑慮。且他的從弟們謝晦、謝曜、謝弘微等都紛紛去書阻止，但他卻毫不在意，依舊我行我素。又如在臨川內史任內，他亦如同在永嘉時一般，不顧政事，肆意遨遊，終爲有司所糾。司徒派遣鄭望生到臨川逮捕他，他竟反將鄭望生拘執起來，並且興兵反叛，沒有想到失敗後的嚴重後果。靈運的任性確實令人歎爲觀止！

（二）恃才傲物

他才華出眾、聰慧穎悟，於是常常瞧不起平凡的人、事、物，

〔註18〕宋書卷四十二王弘傳。

甚至還將之取笑以爲樂。如在第二次隱居期間，有一回他率領數百個人浩浩蕩蕩地從始寧南山伐木開徑，至於臨海。臨海太守王琇驚駭，以爲是山賊，後來知道是靈運，才安下心來。沒想到靈運竟然邀他加入行列，一同前進，王琇不肯答應，靈運便調笑他：「邦君難地險，旅客易山行。」〔註 19〕又如會稽太守孟顗事佛精懇，但靈運卻瞧他不起，竟然當著他的面說：「得道應須慧業，丈人生天當在靈運前，成佛必在靈運後。」〔註 20〕這樣的話，當然把孟顗氣壞了，二人也就從此有了嫌隙。

（三）標新立異

靈運常以新奇古怪的穿著、舉止引人注目，頗有魏晉名士的味道。《宋書、卷六十七、本傳》云：「性奢豪，車服鮮麗，衣裳器物，多改舊制，世共宗之，咸稱謝康樂也。」而他有一次和王弘之等人到千秋亭飲酒，竟裸身大呼。孟顗不堪，派人前往干涉，靈運大怒，罵道：「身自大呼，何關癡人事！」〔註 21〕

（四）自我中心

靈運往往只想自己的方便與利益，而沒有顧慮他人。如他求決會稽東郭之回踵湖爲田，因湖中有種種水產，又近城郭，百姓們捨不得，且孟顗也堅持不肯。但他並不因此而打消了念頭，反而改求始寧休崲湖爲田，孟顗又反對，靈運便憤怒地毀謗他：「顗非存利民，正慮決湖多害生命。」〔註 22〕讓虔誠奉佛的孟顗恨之入骨。

〔註 19〕宋書卷六十七謝靈運傳

〔註 20〕南史卷十九謝靈運傳。宋書卷六十七謝靈運傳作：「得道應須慧業文人，生天當在靈運前，成佛必在靈運後。」

〔註 21〕南史卷十九謝靈運傳

〔註 22〕宋書卷六十七謝靈運傳

乍看之下，這只是一種任性不拘、自我中心的不成熟表現，然則，此種行徑，實有其更爲深沈的內在意義，這標誌著靈運在理想中企求的某種形象與境界。現實生活中的靈運，無疑是個遭遇了諸般橫難打擊的不肯屈服者，有志難伸的窘境，使其終於轉向了理想中的世界，轉向了一種在精神上企求出世，不與流俗同污的孤傲境地。這種性格、以及所展現的性情與愛好，不難從其交遊的情況，一窺端倪。

就史傳的記載看來，與靈運時常來往，且意氣相得的人物有廬陵王義眞、顏延之、慧琳、王弘之、孔淳之、謝惠連、何長瑜、荀雍、羊璿之諸人。其中慧琳是僧人。除了慧琳外，靈運尚與慧遠、法勖、僧維、慧驎、曇隆、竺法綱等僧人有所交往，與佛教的淵源頗深。靈運本人對佛理亦有極精深的研究，他所著的〈辨宗論〉即是闡釋佛教頓悟說的重要著作。而荀雍、羊璿之二人，因史傳中並無相關的言行記載，故不加討論。

至於廬陵王義眞，《宋書、卷六十一、本傳》謂其「聰明愛文義，而輕動無德業。」義眞自己亦曾說過：「靈運空疏，延之隘薄，魏文帝云鮮能以名節自立者。但性情所得，未能忘言於悟賞，故與之遊耳。」〔註23〕而少帝失德，徐羨之等陰謀廢立，以次第當立義眞，但「義眞輕訬，不任主社稷，因其與少帝不協」〔註24〕，乃廢之。

顏延之則是「好讀書，無所不覽，文章之美，冠絕當時。飲酒不護細行。」〔註25〕他又常常直言無諱，冒犯權要，甚至作〈五君詠〉以抒發自己的牢騷。《宋書、卷七十三、本傳》謂：「延之性既褊激，兼有酒過，肆意直言，曾無遏隱。」

謝惠連則是靈運最喜愛、欣賞的從弟。靈運曾云：「每有篇章，對惠連輒得佳語。」〔註26〕其名句「池塘生春草」即是夢見惠連而得

〔註23〕宋書卷六十一廬陵孝獻王義眞傳。
〔註24〕同上註。
〔註25〕宋書卷七十三顏延之傳。
〔註26〕南史卷十九謝方明傳附謝惠連傳。

的神來之筆。惠連文才甚高，靈運見其文，每歎曰：「張華重生，不能易也。」〔註 27〕但其「輕薄多尤累，故官不顯。」〔註 28〕

何長瑜亦是靈運極欣賞之人，時長瑜教惠連讀書，靈運一見以爲絕倫，謂惠連之父方明曰：「何長瑜當今仲宣，而飴以下客之食。尊既不能禮賢，宜以長瑜還靈運。」〔註 29〕何長瑜頗富文才，史傳謂：「長瑜文才之美，亞於惠連，雍、璿之不及也。」〔註 30〕而其性情則由以下一事可略見：

> 臨川王義慶招集文士，長瑜自國侍郎至平西記室參軍。嘗於江陵寄書與宗人何勗，以韻語序義慶州府僚佐云：「陸展染鬢髮，欲以媚側室。青青不解久，星星行復出。」如此者五六句。而輕薄少年遂演而廣之，凡厥人士，並爲題目，皆加劇言苦句，其文流行。義慶大怒，白太祖除爲廣州所統曾城令。（《宋書、卷六十七、謝靈運傳》）

另外，王弘之、孔淳之二人則爲隱士，並入《宋書》之〈隱逸列傳〉，朝廷屢徵二人，皆不就。關於王弘之，史傳有這樣的記載：

> 性好釣。上虞江有一處名三石頭，弘之常垂綸於此。經過者不識之，或問：「漁師得魚賣不？」弘之曰：「亦自不得，得亦不賣。」日夕載魚入上虞郭，經親故門，各以一兩頭置門內而去。始寧沃川有佳山水，弘之又依巖築室。（《宋書、卷九十三、王弘之傳》）

至於孔淳之，則其性情、行徑更與靈運酷似，《宋書、卷九十三、本傳》謂：

> 居會稽剡縣，性好山水，每有所遊，必窮其幽峻，或旬日忘歸。嘗遊山，遇沙門釋法崇，因留共止，遂停三載。法崇嘆曰：「緬想人外，三十年矣，今乃傾蓋于茲，不覺老之將至也。」及淳之還反，不告以姓。

〔註 27〕同上註。
〔註 28〕同上註。
〔註 29〕宋書卷六十七謝靈運傳。
〔註 30〕同上註。

由上可知，靈運往來密切之人物，大致可分爲三類：僧人、隱士與輕狂不羈之文人。他與僧人交遊是因其精研佛理，可與他們互相切磋，並且靈運羨慕出家人那種遺世絕俗的境界。而他與隱居山林的隱士來往，是因爲時以隱逸爲高，且其愛好遊山玩水。至於他特別喜愛輕狂的文人，則因他自己的性情、舉止與之相契合。更爲重要者，靈運所交遊的這些對象或多或少皆表露了其對既成時代、命運與政權社會的不妥協性格：僧人、隱士等方外之士固是以捨離、消極之態度面對著世界；在朝者如義眞、延之等亦皆非當權之主流派，而且對現實政治多採取了一種疏離、乃至對抗的態度。標新立異、縱情任性於是成了一種表徵，一種對既有政治社會疏離的深沈抗議。

因此，難怪靈運品評人物時會採取和謝晦幾乎相反的立場：

> 後因宴集，靈運問晦潘、陸與賈充優劣。晦曰：「安仁諂於權門，士衡邀競無已，並不能保身，自求多福。公閭勳名佐世，不得爲並。」靈運曰：「安仁、士衡才爲一時之冠，方之公閭，本自遼絕。」(《南史、卷十九、謝晦傳附謝瞻傳》)

謝晦所著重的是功勳名望，顯然與靈運著重的文才大相逕庭，因而謝晦認爲比不上賈充的潘岳、陸機，在靈運的眼中卻反比賈充爲高。這種品評的標準反映出來的，一方面其實是靈運心目中自我認定的形象，其自認文才與潘、陸比肩；另一方面，也是其對既有政治的殘酷及世族命運的深刻體驗與因應態度。藉著從政而淑世、而發揮抱負，本是士人如靈運者所深刻企求的，不料事與願違，在懷才不遇、壯志難伸的情境之下，政治功勛於是被轉化成了污濁的泥沼，世俗的一切亦被視爲是清高如許者所不當涉足的，標新立異的舉止也成了不與流俗同類的象徵。故原先附屬於政治、作爲仕進工具的文才也被提到了最高的地位，文學、尤其是詩歌的創作於是成了不涉泥淖、甚至於抗議時政的具體象徵。在此狀況下，也難怪靈運會時常舉止輕薄、口無遮攔，因而引起了從叔謝混之擔憂，乃至於使謝瞻加以告誡：

> 靈運好臧否人物，混患之，欲加裁折，未有方也，謂瞻曰：

「非汝莫能。」乃與晦、曜、弘微等共遊戲，使瞻與靈運共車。靈運登車，便商較人物，瞻謂之曰：「祕書早亡，談者亦互有同異。」靈運默然，言論自此衰止。(《宋書、卷五十六、謝瞻傳》)

總而言之，證之史傳，不難看出靈運所表現出來的乃是一種任性縱情、恃才傲物、標新立異以及自我中心的性格特質，無怪乎謝混會說道：「阿客博而無檢。」〔註 31〕「康樂誕通度，實有名家韻，若加繩染功，剖瑩乃瓊瑾。」〔註 32〕值得注意的是，放任不拘的性格以及特立高傲行徑所掩藏、所蘊涵的，其實是一種對政治黑暗、以及命運乖舛不妥協的精神。就靈運而言，歸隱其實是一種不得以的疏離，是一種對於世族衰微下家族、乃至於己身命運的深沈抗議。此種個人特殊的性格、及對現實的應對方式，無疑會反映於詩作之中，形成特殊的風貌，並具有獨特的主題與情思。

第二節　謝靈運詩中獨具特色的主題與情思

靈運在面對家族、乃至於世族的共同命運時，所採取的是一種不妥協的態度，放任不拘、自我中心的個性除了具體化成特立獨行、標新立異之行徑外，亦在靈運的內心中形成了一種疏離於現世的高傲感，因此，靈運詩中常流露出深深渴慕知音的心情，給人一種無比孤獨的感受：

德不孤兮必有鄰，唱和之契冥相因。譬如扎虎兮來風雲，亦如形聲影響陳。心歡賞兮歲易淪，隱玉藏彩疇識眞。叔牙顯，夷吾親。郢既歿，匠寢斤。覽古籍，信伊人，永言知己感良辰。(〈鞠歌行〉)

居常以待終，處順故安排。惜無同懷客，共登青雲梯。(〈登石門最高頂〉)

〔註 31〕宋書卷五十八謝弘微傳。

〔註 32〕同上註。

唯開蔣生徑，永懷求羊蹤。賞心不可忘，妙善冀能同。(〈田南樹園激流植楥〉)

不惜去人遠，但恨莫與同。孤遊非情歎，賞廢理誰通。(〈於南山往北山經湖中瞻眺〉)

風雨非攸紘，擁志誰與宣。倘有同枝條，此日即千年。(〈發歸瀨三瀑布望兩溪〉)

靈運雖然到那兒都有人陪伴、都熱鬧無比，但在他內心深處卻是孤單寂寞的，在這些詩裡，我們可以體會出他是多麼期盼一個與自己契合的知心人，像鮑叔牙與管仲、郢人與匠石間的關係，便是他所羨慕的。然而實際上的情況卻是「惜無同懷客，共登青雲梯」、「不惜去人遠，但恨莫與同」，靈運在現實生活中是沒有知音的，因此他便在詩中期盼「美人」的出現，而結果卻總是失望的：「嫋嫋秋風過，萋萋春草繁。美人遊不還，佳期何由敦」〔註33〕、「妙物莫爲賞，芳醑誰與伐。美人竟不來，陽阿徒晞髮」〔註34〕，他終究等不到心目中理想美人的到來。「美人」指的是誰呢？有人認爲是廬陵王義眞，但這種說法太過狹隘，靈運或許視義眞爲知己，但在詩中卻不需要落實了講，這是一種對知音渴慕的心情，「美人」並不一定指某人，而是其心中嚮往的知心人。又如其詩中常出現的「賞心」、「心賞」等詞語，亦不必實指某人，而是知音的泛稱：

我志誰與亮，賞心惟良知。(〈遊南亭〉)

永絕賞心望，長懷莫與同。(〈酬從弟惠連、其一〉)

靈域久韜隱，如與心賞交。(〈石室山〉)

滿目皆古事，心賞貴所高。(〈入東道路〉)

何以靈運會如此地感到孤獨、如此地期盼知音呢？林師文月認爲有兩點原因：「一方面是時代環境的影響，另一方面則是個人脾性所致。……易代的政治變化，使自尊而又有優越感的這位貴族子弟，在

〔註33〕謝靈運〈石門新營所住四面高山迴溪石瀨茂林脩竹〉。

〔註34〕謝靈運〈石門岩上宿〉。

心理和實際生活上都受了很大的打擊。他自信『才能宜參權要』，但冷酷的現實卻抑壓了他一展抱負的希望。他不像陶淵明那樣有定力，所以忽而隱忽而仕，終致斷送了性命。儘管他喜好熱鬧，喜歡標新立異，而且身邊總被許多人簇擁包圍著，但是傲慢的個性與狂放的言行，卻使他無法在現實世界裏覓得知音，故而靈運的一生竟也是孤獨的。」〔註 35〕其狂傲的性格與言行當由於其自視高人一等，這是因爲，靈運既出身當時的二大高門之一，加上自身的聰慧與才華皆超絕，一般平凡之人當然不在他眼裡，更不要說視爲知音了。而其因易代政治變化所受的打擊可分兩個層面來談：一是入宋以後，武帝劉裕的刻意壓抑世族，使世族地位大不如前；另一則是靈運本爲劉裕手下叛將劉毅的幕僚，雖然劉裕在擊滅劉毅之後，對靈運頗示攏絡之意，但畢竟難免心存嫌隙，僅予其一些有名無實的清閑官職。而後來重新啓用他的文帝也是同樣情況，心高氣傲又志在「參權要」的靈運當然有懷才不遇、伯樂難尋的深刻孤獨感了。

因此，期望生於明主賢君之世亦是其詩中常流露出的情思：

> 李牧愧長袖，郤克慚躧步。良時不見遺，醜狀不成惡。(〈永初三年七月十六日之郡初發都〉)
>
> 交交止栩黃，呦呦食萍鹿。傷彼人百哀，嘉爾承筐樂。(〈過白岸亭〉)

李牧和郤克雖然身體上有缺陷，但賢明的君主依然因爲他們有才能而重用之，並不計較那些小缺點。這是靈運深深羨慕的，自己也是才華過人，只爲某些原因就被冷落，心理當然不能平衡。而靈運對於秦穆公用三良殉葬甚表哀傷；對君臣間融洽和樂的情誼則十分嚮往，這由〈擬魏太子鄴中集〉詩八首中亦可看出。在〈擬魏太子鄴中集〉中，靈運極言曹氏父子的賢明愛才，不管任何出身背景的人都能傾心相交，君臣間情誼款洽，充滿了一片和樂的氣氛，舉例說明如下：

〔註 35〕林師文月〈陶謝詩中孤獨感的探析〉，收於《山水與古典》中。(純文學出版社、民國 73 年)。

> 百川赴巨海，眾星環北辰。照灼爛霄漢，遙裔起長津。天地中橫潰，家王拯生民。區宇既蕩滌，群英必來臻。忝此欽賢性，由來常懷仁。況值眾君子，傾心隆日新。論物靡浮說，析理實敷陳。羅縷豈闕辭，窈窕究天人。澄觴滿金罍，連榻設華茵。急絃動飛聽，清歌拂梁塵。莫言相遇易，此歡信可珍。（〈魏太子〉）

> 幽厲昔崩亂，桓靈今板蕩。伊洛既燎煙，函崤沒無象。整裝辭秦川，秣馬赴楚壤。沮漳自可美，客心非外獎。常歎詩人言，哀微何由往。上宰奉皇靈，侯伯咸宗長。雲騎亂漢南，宛郢皆掃盪。排霧屬盛明，披雲對清朗。慶泰欲重疊，公子特先賞。不謂息肩願，一旦值明兩。並載遊鄴京，方舟泛河廣。綢繆清讌娛，寂寥梁棟響。既作長夜飲，豈顧乘日養。（〈王粲〉）

> 皇漢逢迍邅，天下遭氛慝。董氏淪關西，袁家擁河北。單民易周章，窘身就羈勒。豈意事乖己，永懷戀故國。相公實勤王，信能定蝥賊。復睹東都輝，重見漢朝則。餘生幸已多，矧迺值明德。愛客不告疲，飲讌遺景刻。夜聽極星爛，朝遊窮曛黑。哀哇動梁埃，急觴盪幽默。且盡一日娛，莫知古來惑。（〈陳琳〉）

詩中的曹氏父子和歸附的豪傑們彼此意氣相得，或論物析理、或飲宴遊賞，通宵達旦而不覺時光之飛逝，相處之和諧歡愉令人神往。其中王粲依附荊州劉表達十五年之久，直到建安十三年（公元二〇八年）九月，曹操攻荊州，粲才爲操所網羅。陳琳則本爲袁紹掌書記，官渡之役，紹敗，琳始投操。雖然他們都曾經爲曹氏父子的對手效力，但歸附之後，曹氏皆能善加對待，不計前嫌。尤其陳琳曾爲袁紹草檄文，歷數曹操罪狀，語甚尖刻，然而操能愛其才而不記仇，心胸至爲寬大。而靈運先爲劉毅幕僚，後爲義眞腹心，以致見疏於宋朝廷，對當年建安七子得遇明主的幸運，當然深所欣羨，而對於氣度狹小又缺乏文化素養的劉宋君主則充滿了怨憤，他在〈擬魏太子鄴中集〉詩序中說的：「楚襄王時，有宋玉、唐、景，梁孝王時，有鄒、枚、嚴、馬，遊者美矣，而其主不文。漢武帝時，徐樂諸才備應對之能，而雄猜多忌，豈獲晤言之適。」便是這種不滿情緒的發洩，其藉古諷今的用意十分明顯。

從靈運詩中，我們可以感受到他對家族深厚的感情，在〈述祖德〉詩二首裡，他稱頌祖父謝玄淝水之役的偉大功績，及功成不居、逍遙物外的美德，表現出無限敬慕之意，祖父在其心中已是一個完美理想人格的化身：

> 達人貴自我，高情屬天雲。兼抱濟物性，而不纓垢氛。段生藩魏國，展季救魯民。弦高犒晉師，仲連卻秦軍。臨組乍不緤，對珪寧肯分。惠物辭所賞，勵志故絕人。苕苕歷千載，遙遙播清塵。清塵竟誰嗣，明哲垂經綸。委講輟道論，改服康世屯。屯難既云康，尊主隆斯民。
>
> 中原昔喪亂，喪亂豈解已。崩騰永嘉末，逼迫太元始。河外無反正，江介有蹙圮。萬邦咸震懾，橫流賴君子。拯溺由道情，龕暴資神理。秦趙欣來蘇，燕魏遲文軌。賢相謝世運，遠圖因事止。高揖七州外，拂衣五湖裡。隨山疏濬潭，傍巖藝枌梓。遺情捨塵物，貞觀丘壑美。

而在與從兄弟們的贈答詩中，則極言謝氏家族人才之美與兄弟之間情分之好：

> 懸圃樹瑤，崑山挺玉。流采神皋，列秀華岳。休哉美寶，擢穎昌族。灼灼風徽，采采文牘。(〈答中書、其一〉)
>
> 伊昔昆弟，敦好閭里。我暨我友，均尚同恥。仰儀前修，綢繆儒史。亦有暇日，嘯歌宴喜。(〈答中書、其二〉)
>
> 於穆冠族，肇自有姜。峻極誕靈，伊源降祥。貽厥不已，歷代流光。邁矣夫子，允迪清芳。(〈贈從弟弘元時為中軍功曹住京、其一〉)
>
> 昔聞蘭金，載美典經。曾是朋從，契合性情。我違志既，顯藏無成。疇鑒予心，託之吾生。(〈贈從弟弘元時為中軍功曹住京、其二〉)

六朝是一個重門第家族的社會，個人的一切莫不和家族發生密切關聯，門第中人對家族的情感是外人所難以想像的。尤其靈運是王、謝二大高門中人，無論到何處都受禮遇和尊敬，詩中流露出家族優越感，是十分自然的事。而且，如同前文〔註 36〕說明過的，門第中人特重感情的培養，孝弟尤是被強調的美德，故門弟中人皆情誼深厚，具向心力，這由上引靈運諸詩中亦可看出。玄暉在詩中雖亦曾流露出對先祖的仰慕，如〈和王著作融八公山〉，甚至有感歎家族衰落的移情篇章〈和伏武昌登孫權故城〉，但未有如靈運直接以「述祖德」名篇，且專詠先祖之功勳道德者。此可能因謝玄是靈運祖父，關係密切，且靈運又身處家族盛衰交替之際，故情緒特別濃烈。又，玄暉詩中亦乏與從兄弟間的贈答之作，究其原因，應是玄暉之時，謝氏迭經變亂，人才凋零，且「烏衣之遊」已然不再，從兄弟的來往不似當年密切之故。

值得注意的是，靈運詩之末尾每好以玄言作結，闡述道家的人生觀：

> 矜名道不足，適己物可忽。請附任公言，終然謝天伐。（〈遊赤石進帆海〉）
>
> 頤阿竟何端，寂寂寄抱一。恬如（當作知）〔註 37〕既已交，繕性自此出。（〈登永嘉綠嶂山〉）
>
> 情用賞爲美，事昧竟誰辨。觀此遺物慮，一悟得所遣。（〈從斤竹澗越嶺溪行〉）
>
> 榮悴迭去來，窮通成休樧。未若長疏散，萬事恆抱朴。（〈過

〔註 36〕見本文第二章第二節〈陳郡謝氏的處世哲學與文化特質〉。

〔註 37〕顧紹柏先生《謝靈運集校注》中〈登永嘉綠嶂山〉註胱云：「恬如，當作『恬知』。《莊子・繕性》：『古之治道以恬養知，生而無以知爲也，謂之以知養恬。知與恬交相養，而和理出其性。』唐成玄英疏：『恬，靜也。古者聖人以道治身治國者，必以恬靜之法養眞實之知，使不蕩于外也。』又疏：『夫不能恬靜，則何以生彼眞知？不有眞知，何能致玆恬靜？是故恬由于知，所以能靜；知資于靜，所以獲眞知。故知之與恬，交相養也。斯則中和之道，存乎寸心，自然之理，出乎天性。』」（中州古籍出版社、西元 1978 年）。

白岸亭〉）

執戟亦以疲，耕稼豈云樂。萬事難並歡，達生幸可託。（〈齋中讀書〉）

這是一種無欲無求、清靜恬淡的境界，靈運雖然以此勉勵自己、安慰自己，但終無法忘卻現實的痛苦，他的內心是渴望權力、名聲的，是十分入世的，道家的人生觀對他來說只不過是一種知識，是無法化爲生活實踐的。除了道家的思想外，靈運詩中亦屢次出現遊仙思想和佛理，這也是他尋求安慰的途徑：

飛客結靈友，凌空萃丹丘。習習和風起，采采彤雲浮。娥皇發湘浦，霄明出河洲。宛宛連螭轡，裔裔振龍旒。（〈緩歌行〉）

表靈物莫賞，蘊眞誰爲傳。想像崑山姿，緬邈區中緣。始信安期術，得盡養生年。（〈登江中孤嶼〉）

微戎（當作我）〔註38〕無遠覽，總笄羨升喬。靈域久韜隱，如與心賞交。（〈石室山〉）

瞑投剡中宿，明登天姥岑。高高入雲霓，還期那可尋。儻遇浮丘公，長絕子徽音。（〈登臨海嶠初發疆中作與從弟惠連見羊何共和之〉）

望嶺眷靈鷲，延心念淨土。若乘四等觀，永拔三界苦。（〈登石室飯僧〉）

四城有頓躓，三世無極已。浮歡昧眼前，沈照貫終始。壯齡緩前期，頹年迫暮齒。揮霍夢幻頃，飄忽風電起。良緣迨未謝，時逝不可俟。敬擬靈鷲山，尚想祇洹軌。絕溜飛庭前，高林映窗裡。禪室栖空觀，講宇析妙理。（〈石壁立

〔註38〕顧紹柏先生《謝靈運集校注》中〈石室山〉註朓云：「微戎，費解，疑有訛舛。信述堂重刊本『百三家集』作『微我』，似可通。黃節、葉笑雪以爲『微戎』或即『無戎』，《詩．小雅．常棣》：『每有良朋，烝也無戎。』原是說，即使有好友，也得不到幫助。這裡是『缺少游侶』的意思（分別見《謝康樂詩注》、《謝靈運詩選》）。細揣文意，覺此解難免牽強；聯繫下句『總笄羨升喬』看，此句用『微我』稍善。微我，非我。《詩．邶風．柏舟》：『微我無酒，以敖（遨）以游。』」。

招提精舍〉）

送心正覺前，斯痛久已忍。唯願乘來生，怨親同心朕。（〈臨終詩〉）

然而靈運眞的在此尋得慰藉了嗎？答案顯然也是否定的。他清清楚楚地知道神仙只是一種渺不可期的傳說：「羽人絕髣髴，丹丘徒空筌。圖牒復磨滅，碑版誰聞傳。莫辨百代後，安知千載前。」（〈入華子岡是麻源第三谷〉）與其說他嚮往神仙，不如說他是嚮往另一個不同於現實的快樂無憂的世界，更爲恰當。而且，靈運雖好與僧人往來，對佛理也有精深的研究，他所著的〈辨宗論〉，更是一篇極重要的宗教理論文章，然而這僅止於知識層面的探究而已，並未內化成爲他個人的信念涵養。是故靈運始終無法自現實的痛苦中脫離，進入他所嚮往的世界。

第三節　懦弱溫和、逃避退縮的謝朓及其交遊

面對著家族凋零的命運，靈運展露出來的是一種放任不拘、恃才傲物的性情，孤高憂憤、迷悶苦深之氣籠罩了他的詩作。相對於此，謝朓所展現出來的性格與詩風可謂是幾近於極端的另一種樣貌，懦弱畏縮、矛盾不安的特性不僅見之於玄暉的行徑，同時也展露在其獨特的詩風之上。爲明瞭此特色形成之深切緣由，有必要先對謝朓之生平與經歷有所瞭解，以下即依據《南齊書》卷四十七〈謝朓傳〉與伍叔儻〈謝朓年譜〉〔註39〕爲主，作一探究：

謝朓生於宋孝武帝大明八年（公元四六四年）。祖述，字景先，「美風姿，善舉止」〔註40〕，曾爲吳興太守，「在郡清省，爲吏民所懷」〔註41〕。述妻范氏，爲宋宣城太守范曄之姊。曄謀反事敗，與其甥謝綜、謝約並被收赴市。家人皆往相見，而范氏以子弟自蹈逆亂，獨不

〔註39〕收於《小說月刊》第十七卷（號外）中。

〔註40〕宋書卷五十二謝景仁傳附謝述傳。

〔註41〕同上註。

出視。曄謂綜曰：「姊今不來，勝人多也。」〔註 42〕朓父緯，綜、約之弟，方雅有父風，官散騎侍郎，尙太祖第五女長城公主，因爲約所憎，以故得免，徙廣州，孝建中還京師。

陳郡陽夏謝氏隨晉室南遷之後，先寓居永嘉。但自謝裒之後，子孫分居二處，奕、安、鐵等居會稽，其子孫即以會稽爲居里。朓高祖據，初亦居會稽，而其子允於晚年徙建康（齊時爲丹陽）。故朓祖父述卒於吳興太守任內時，乃柩歸故里，「喪還京師」〔註 43〕。而朓父緯於廣州赦還後，亦回京師。謝朓詩中寫歸思之作甚多，如〈晚登三山還望京邑〉：「有情知望鄉，誰能鬒不變。」〈治宅〉：「結宇夕陰街，荒塗橫九曲。」《讀史方輿記要》〈江南鎮江府丹陽縣〉下云：「九曲河在縣北。」故朓之故鄉應在丹陽縣附近。

宋孝武帝大明年間（公元四五七～四六四年）乃一文風鼎盛之時期。裴子野〈雕蟲論〉云：「大明之代，實好斯文。高才逸韻，頗謝前哲；波流相尙，滋有篤焉。」時謝靈運、謝惠連雖已歿，然顏延之仍揚名文壇。朓之出生，正値此時。孝武帝死後，廢帝在位不滿一年，即由明帝繼位。明帝「博好文章，才思朗捷，……每有禎祥，及幸讌集，輒陳詩展義，且以命朝臣。」〔註 44〕其時詩壇瀰漫湯惠休、鮑照之風，惠休「辭采綺艷」〔註 45〕，照則「得景陽之諔詭，含茂先之靡嫚。骨節強於謝混，驅邁疾於顏延。總四家而擅美，跨兩代而孤出。……然貴巧似，不避危仄，頗傷清雅之調。」〔註 46〕朓便在這樣的文學風尙之下成長。明帝卒後七年（公元四七九年），蕭道成取宋而代之，時朓年十六，已以「文章清麗」〔註 47〕聞名京師。

齊高帝建元四年（公元四八二年），朓初入仕途，任豫章王太尉

〔註 42〕宋書卷六十九范曄傳。
〔註 43〕宋書卷五十二謝景仁傳附謝述傳。
〔註 44〕裴子野《雕蟲論並序》。
〔註 45〕宋書卷七十一徐湛之傳。
〔註 46〕鍾嶸《詩品》中。
〔註 47〕南齊書卷四十七謝朓傳。

行參軍，時年十九。豫章王即高帝第二子嶷，爲人寬仁弘雅，爲高帝所鍾愛。朓於其處任官四年後，遷隨王東中郎府。隨王即武帝第八子子隆，於永明四年爲東中郎將會稽太守〔註48〕。不久，隋王遷中護軍，歸建康，朓亦與之俱歸。

永明五年（公元四八七年），朓始遊於竟陵王子良西邸，《梁書、卷一、武帝紀》云：

> 竟陵王子良開西邸，招文學。高祖（梁武帝蕭衍）與沈約、謝朓、王融、蕭琛、范雲、任昉、陸倕等並遊焉，號曰八友。

永明六年，朓轉王儉衛軍東閤祭酒。並因王儉之介紹，得識鍾嶸，相與論詩，嶸於《詩品》中述其事，謂朓「感激頓挫，過其文」〔註49〕。永明七年，王儉薨，朓轉太子舍人。太子即武帝長子文惠太子長懋。文惠太子與竟陵王均好佛事，數集群臣講論佛經，朓詩〈秋夜講解〉即記其事。永明八年，朓爲隨王鎭西功曹轉文學，翌年與隨王同赴荊州。從建元四年至永明八年（公元四八二至四九○年），朓之宦途可謂一帆風順。尤其是遊西邸的三、四年間，生活風雅愜意，爲其一生中之黃金歲月。

永明九年春，朓從隨王至荊州。時荊州乃江左大鎭，山川秀麗，人物匯集。而「子隆在荊州，好辭賦，數集僚友，朓以文才，尤被賞愛，流連晤對，不捨日夕。」〔註50〕朓如此受隨王寵愛，難免引起同僚的嫉妒，爲讒言所誹謗，《南齊書、卷四十七、本傳》云：

> 長史王秀之以朓年少相動，密以啓聞。世祖敕曰：「侍讀虞雲自宜恆應侍接，朓可還都。」

時張欣泰亦同被讒，《南齊書、卷五十一、張欣泰傳》云：

> 子隆深相愛納，數與談宴，州府職局，多使關領，意遇與謝朓相次。典籤密以啓聞，世祖怒，召還都。

〔註48〕南齊書卷四十《隨郡王子隆傳》。
〔註49〕鍾嶸《詩品》中。
〔註50〕南齊書卷四十七謝朓傳。

洪順隆先生疑此爲隨王屬下之二派相爭〔註51〕。永明十一年（公元四九三年）秋，朓自荊州返回京師。道中爲詩〈暫使下都夜發新林至京邑贈西府同僚〉云：「常恐鷹隼擊，時菊委嚴霜，寄言罻羅者，寥廓已高翔。」其心中之憂懼可見。

朓返京師後，遷新安王中軍記室。新安王即海陵王昭文，文惠太子第二子。不久，朓又以本官兼尙書殿中郎。其後，武帝崩，王位之爭起，鬱林王（文惠太子之長子）在蕭鸞的支持下，繼承大統，而擁護竟陵王子良的王融政變失敗被殺。王融死後，竟陵王亦憂憤而卒。

鬱林王隆昌元年（公元四九四年）〔註52〕春，朓奉敕接北使，「朓自以口訥，啓讓不當，不見許。」〔註53〕頃之，鬱林王以昏忍無道被殺，其弟海陵王繼位，濫殺諸王，子隆最以才貌遭忌，與鄱陽王鏘同時被害。朓處斯境，內心之惶恐不安，可想而知。海陵王延興元年七月，蕭鸞爲驃騎大將軍錄尙書事，不久輔政。時朓爲驃騎諮議，領記室，掌霸府文筆，又掌中書詔誥，除祕書丞，未拜。同年十月，海陵王奉皇太后令退位，蕭鸞入纂爲太祖（高帝蕭道成）第三子，即天子位，是爲明帝。朓轉中書郎。

〔註51〕洪順隆先生《六朝詩論》中所收之〈謝朓作品所表現的「危懼感」〉頁199、200：「從上述的史實看來，當時隨王的屬下有兩個集團，一個是以謝朓和張欣泰爲中心的沙龍，另一個是以王秀之和典籤（官名，不知名）爲中心的集團。以謝朓爲中心的集團是愛好文學的，謝朓自己在這個集團中，神經特別敏感；王秀之爲中心的集團熟習實務，是現實主義者。隨王好辭賦，性向與朓等相近，自然傾向謝朓集團。王秀之那種實務主義，在隨王看來當是面目可憎的，疏遠他們自是勢所所必然。王秀之等是因得不到隨王的寵遇呢？或是根本憎恨謝朓等人的行徑呢？還是嫉恨謝朓等人受到寵遇呢？或是謝朓等人的所做所爲對隨王不利，而出於對隨王的忠心地才密啓世祖呢？不得而知，不過由謝、王有互贈答詩的跡象看，志趣不合的成分少，爭寵互斥的可能大。」

〔註52〕此年亦是海陵王延興元年與明帝建武元年。

〔註53〕南齊書卷四十七謝朓傳。

明帝建武二年（公云四九五年）夏，朓出爲宣城太守。宣城屬南豫州，領廣德、石城等十二縣〔註54〕，南齊時爲大郡。明帝亦曾受海陵王封爲宣城郡公，進封宣城王。故朓之出守宣城，應是明帝之特別禮遇。但朓原爲隨王腹心，又與竟陵王關係密切，明帝心中未必能完全無嫌，朓至郡後，乃寄情山水，希慕肥遁，因而蘊釀出許多千古傳唱的五言詩，如〈宣城郡內登望〉、〈落日悵望〉、〈望三湖〉、〈晚登三山還望京邑〉等篇。

建武三年末，朓以選復爲中書郎，奉詔回建康。建武四年，朓出爲晉安王鎮北諮議，南東海太守，行南徐州事。是年夏，朓還京師，不久回任所。永泰元年（公元四九八年），王敬則以武帝舊臣，屢受猜忌，遂有反意。其子幼隆遣人告朓，朓懼被累，乃啓明帝。敬則伏誅，帝感朓德，遷爲尚書吏部郎，朓上表三讓，卒不見許。朓妻爲敬則之女，以朓害其父兄，屢懷刀欲殺之，朓不敢相見。吏部郎沈昭略謂朓曰：「卿人地之美，無忝此職，但恨今日刑於寡妻。」〔註55〕

明帝崩，太子寶卷繼位，是爲東昏侯，然昏庸無德，江祏等人密謀擁立始安王遙光。遙光遣親信劉渢致意於朓，但朓處理不當，以致招來殺身之禍，《南齊書、卷四十七、本傳》云：

> 自以受恩高宗，非渢所言，不肯答。少日，遙光以朓兼知衛尉事，朓懼見引，即以祏等謀告左興盛，興盛不敢發言。祏聞，以告遙光，遙光大怒，乃稱敕召朓，仍回車付廷尉，與徐孝嗣、祏、暄等連名啓誅朓曰：「謝朓資性險薄，大彰遠近，……」又使御史中丞范岫奏收朓，下獄死，時年三十六。

此爲東昏侯永元元年（公元四九九年）之事。

由上所述，可見朓自齊高帝建元四年初入仕途以來，直至東昏侯

〔註54〕南齊書卷十四州郡志上。
〔註55〕南齊書卷四十七謝朓傳。

永元元年因讒被害爲止，一直在官場上打滾，終生憂懼惶惑。其之所以會有這種生平與經歷，與他獨特的性格可說脫不了關係。綜覽史傳之記載，可看出其性格具有如下幾點的特質：

（一）逃避畏縮

如他的岳父王敬則欲謀反時，他因害怕自己受到牽連，便向明帝告密，把王敬則給害死了。再如始安王遙光欲發動政變，派人致意於朓，他亦因恐懼事敗受累而告訴左興盛，並因此而惹上殺身之禍。他越是想逃避這些政治糾葛，越是無法解脫。而在王敬則事件之後，他的妻子常手持利刃要爲父兄報仇，他也就躲避不敢見妻子的面。

（二）矛盾不安

如前所述，朓一心一意想逃避政治上的紛爭糾葛，但他卻一直身在宦途，從來沒有隱居過。他的矛盾性格在他自己的詩中亦可見到：「既歡懷祿情，復協滄洲趣。」〔註 56〕、「戢翼希驤首，乘流畏曝鰓。動息無兼遂，歧路多徘徊。」〔註 57〕而王敬則的死，更使他一輩子內心感到愧疚不安，甚至到死前還感歎：「我不殺王公，王公由我而死！」〔註 58〕眞是何必當初。這些矛盾掙扎、痛苦不安的情緒時時與他爲伍。

（三）和善愛才

謝朓性好獎掖人才，對年輕的後輩尤其愛護有加，除了到洽、江革兩者以外（見後文），再舉一例以明之：「會稽孔覬粗有才筆，未爲時知，孔珪嘗令草讓表以示朓。朓嗟吟良久，手自折簡寫之，謂珪曰：『士子聲名未立，應共獎成，無惜齒牙餘論。』其好善如此。」〔註 59〕

〔註 56〕謝朓〈之宣城郡出新林浦向板橋〉。
〔註 57〕謝朓〈觀朝雨〉。
〔註 58〕南齊書卷四十七謝朓傳。
〔註 59〕南史卷十九謝裕傳附謝朓傳。

（四）文敏善謔

謝朓瞧不起江祏的爲人，有一次江祏和他的弟弟江祀及劉渢、劉晏一起去探望謝朓，謝朓竟然嘲弄他說：「可謂帶二江之雙流。」〔註60〕使得江祏非常難堪，於是後來的遙光事件，他便趁機報復，把謝朓給害死了。

與靈運相較，朓顯然少了那份放任不拘的豪情，也少見有我行我素、標新立異的舉動，其自仕進以來雖亦不乏山林之思，卻從不見歸隱之具體行動。對朓而言，入仕之初雖曾有過風光之時，然而隨之而來的政爭，卻使其難以置身事外，由是不免會興起隱遁之思。然而朓不似靈運，他基本上仍是個處於政治鬥爭夾縫中的官吏，面對著不測的命運，面對著現實政治的殘酷，雖有微詞，終究缺乏與之抗衡以及跳出漩渦的勇氣，左支右絀的避禍行止於是成了其處世的一貫態度，隱逸也成了聊勝於無、自我安慰的遁詞。此種心態及處世方式，從其交遊的情況亦可略窺究竟。

朓所密切交往的人物，大多是文才出眾之人，沈約、王融、蕭琛、范雲、任昉、陸倕、蕭衍等「竟陵八友」中人，個個皆是能文善筆之輩，自不待言。此外，謝朓所欣賞、喜愛之人，尚有隨王子隆、到洽與江革，皆辭采非凡之輩。

隨王子隆是朓心中理想的君主，他對朓也是十分地欣賞。《南齊書、卷四十、本傳》謂其：「有文才，……上以子隆能屬文，謂儉曰：『我家東阿也。』」其文才之高可見。

謝朓與到洽之交往情況則見於《梁書、卷二十七、到洽傳》：「謝朓文章盛於一時，見洽深相賞好，日引與談論。」有一次高祖於華光殿「詔洽及沆、蕭琛、任昉侍讌，賦二十韻詩，以洽辭爲工，賜絹二十匹。」〔註61〕

江革亦是謝朓極爲賞愛之人，《梁書、卷三十六、江革傳》有這

〔註60〕同上註。
〔註61〕梁書卷二十七到洽傳。

樣的記載：「朓嘗宿衛，還過候革。時大雪，見革弊絮單席，而耽學不倦。嗟歎久之，乃脫所著襦，並手割半氈與革充臥具而去。」而江革「幼而聰敏，早有才思，六歲便解屬文。……武陵王出鎮江州，乃曰：『我得江革，文華清麗，豈能一日忘之，當與其同飽。』」（《梁書、卷三十六、本傳》）

與朓相善之人，清一色是文采絕倫、且在朝為官者。這與靈運除了和文人為友外，又喜愛與僧人、隱士往來，是相當不同的。換句話說，朓所交往者多是官場中人，其雖可能會有隱逸之思想，卻不是如靈運所交遊者乃是以具體的行動來實現思想者。選擇留在官場中的謝朓，儘管也曾希望有所作為，然由於性格的懦弱以及缺乏果敢之幹才，在面對世族整體衰微的命運及謝氏家族日益凋零的處境時，也只能儘量委曲求全，希望能逃過政治爭鬥的血光之災。文學創作即是抒發此種遠禍全身心態與企求的一個重要領域，故其詩歌在清美婉麗的外貌下，隱約呈現出了一絲詩人瑟縮在陰暗角落獨自憂怨的心緒。

總而言之，我們可以很明顯地看出來，二謝的性格基本上是完全不同的，甚至可以說是呈現兩極化的。大謝充滿了活力與生命力，時時凸顯自我，意氣昂揚，不顧周遭的環境與現實利害；而小謝卻恰恰相反，他消極退縮、矛盾痛苦，時時充滿了憂懼感，一直辛苦地尋求著個人安全的立足點。此外，小謝較為隨和、喜獎掖人才，不似靈運「負才傲俗，少所推崇。」〔註62〕二人唯一相似的地方，大概就是都喜歡在言語上戲謔他人，這應是文人個性的流露使然。

這樣不同的性格，使得二人在面對家族的處境與世族的命運時，有著不同的應對方式，靈運無疑是個體制的抗議者，標新立異、去職退隱等舉止成了其疏離現世的具體標誌；玄暉則是身陷於夾縫中的委曲求全者，逃避畏縮、惴慄不安成了其慣有的行徑與心態，兩者之詩也因而呈現出極端不同的風貌：大謝之詩巉削繁富，處處顯示著他旺

〔註62〕高僧傳卷六慧遠傳。

盛的生命力與不妥協的精神；小謝之詩則清美婉麗，與他那柔弱的性格及敏感的情思相稱，可說各擅勝場、且具有不同的意義。

第四節　謝朓詩中獨具特色的主題與情思

處在世族衰微的大潮流與個人際遇的危機之下，玄暉不像靈運般採取一種不妥協的態度，懦弱畏縮的個性，使其成了一個雖不滿現實、但無力、也不敢跳脫出來的人。玄暉詩中即常流露出一種不安全感，柔弱纖細的性格表現無遺，洪順隆先生所謂的「危懼感」亦包含在內。依照洪先生的解釋，「危懼感」是指「個人有受『迫害』的經驗，或雖未必有直接受『迫害』的經驗，卻感到有受外界迫害的可能性，擔心受迫害而想逃避的那種不安的心情。」〔註63〕他認爲謝朓作品中最顯著地浮現「危懼感」的，有三個例子：「常恐鷹隼擊，時菊委嚴霜。寄言罻羅者，廖廓已高翔。」〔註64〕「戢翼希驤首，乘流畏曝鰓。」〔註65〕「雖無玄豹姿，終隱南山霧。」〔註66〕並指出朓詩中的隱遁思想（包含遊仙思想和思歸的心情）也是「危懼感」的化身，所言極爲有理。然而，在朓的詠物詩裡，也常反映一種不安的情緒，這與「危懼感」相同，基本上都是一種恐懼，「危懼感」恐懼的是生命的安危，詠物詩每每反映的則是一種失去寵愛或無人憐愛的恐懼：

> 早翫華池陰，復影滄洲枻。椅柅芳若斯，葳蕤紛可結。霜下桂枝銷，怨與飛蓬折。不廁玉盤滋，誰憐終委絕。(〈芳樹〉)
>
> 新葉初冉冉，初蕊新霏霏。逢君後園讌，相隨巧笑歸。親勞君玉指，摘以贈南威。用持插雲髻，翡翠比光輝。日暮長零落，君恩不可追。(〈詠落梅〉)
>
> 玲瓏類丹檻，苕亭似玄闕。對鳳懸清冰，垂龍掛明月。照

〔註63〕洪順隆先生〈謝朓作品所表現的「危懼感」〉，收於《六朝詩論》中，頁196（文津出版社、民國74年）。

〔註64〕謝朓〈暫使下都夜發新林至京邑贈西府同僚〉。

〔註65〕謝朓〈觀朝雨〉。

〔註66〕謝朓〈之宣城郡出新林浦向板橋〉。

粉拂紅妝，插花理雲髮。玉顏徒自見，常畏君情歇。(〈詠鏡台〉)

杏梁賓未散，桂宮明欲沈。曖色輕幃裏，低光照寶琴。徘徊雲髻影，的爍綺疏金。恨君秋月夜，遺我洞房陰。(〈詠燭〉)

詠物詩雖然表面寫的是物之情，但實際上反映的卻是作者之心。芳樹、落梅、燭火哪裡有生命和情感呢？是作者賦予他們的，而〈詠鏡臺〉中那位當鏡妝扮的美人的心境，也是作者假想的。詩人將自己的情思透過對物象的描摹、聯想，間接地呈現出來，所謂「體物寫志」，所體的是物態、物情，所寫的卻是詩人之志。芳樹與梅花當其繁茂盛開時，是何等地具有風光和榮寵；但當枯萎凋零時，一切便皆成空。對鏡妝扮的美人，雲鬢朱顏，正當青春年少，受到良人無限的寵愛，雖然如此，她仍時時恐懼著一朝會突然失去良人的情愛。燭的光芒使閨房中的一切都染上了一層朦朧幽渺的美感，等候良人歸來的女子在燭光裡徘徊難眠，分外有一層深刻的期待與不確定感，因此詩末說的雖是燭之恨，卻實際上是女子之恨。以上諸詩透露的，都是作者內心深處一種恐懼無人憐愛或失去寵愛的不安全感。而男女的情愛在中國文學的傳統裡，常被比喻成君臣間的關係，朓的心態也就不言而喻了。

詠物詩裡呈現的另一種不安，是飄泊不定的恐懼，這或許與朓常因宦遊而遠離家鄉有關：

蒲生廣湖邊，託身洪波側。春露惠我澤，秋霜縟我色。根葉從風浪，常恐不永植。攝生各有命，豈云智與力。安得遊雲上，與爾同羽翼。(〈蒲生行〉)

窗前一叢竹，青翠獨言奇。南條交北葉，新筍雜故枝。月光疏已密，風來起復垂。青扈飛不礙，黃口得相窺。但恨從風籜，根株長別離。(〈詠竹〉)

輕絲既難理，細縷竟無織。爛熳已萬條，連綿復一色。安根不可知，縈心終不測。所貴能卷舒，伊用蓬生直。(〈詠兔絲〉)

湖邊之蒲恐懼根葉隨風浪而去，窗前之竹怨恨竹籜隨風飄零，兔絲則擔憂自己的根柔弱不固，凡此種種，無不令人想起了謝氏家族凋零的命運，也無不反映了作者飄搖不寧的心緒。朓在〈後齋迴望〉裡便曾明白地說道：「鞏洛常睠然，搖心似懸旆。」

朓的詩裡之所以充滿了不安全感，除了世族整體的命運感外，可能尚有如下幾點原因：一是當時的政局詭譎多變，時有流血事件發生，朓在歷經諸多變亂之際，不免充滿了危機意識；另一則是朓的性格特別敏感柔弱，比旁人更容易感到生命深層的不安。而朓個人的性格特質當是其詩裡充滿不安情緒的主要原因，因為與朓遭遇類似之詩人，如果性格不同，詩中可能就不會有這種情況出現。

此外，玄暉詩中描寫離情別緒的作品亦復不少，例如：

> 首夏實清和，餘春滿郊甸。花樹雜為錦，月池皎如練。如何當此時，別離言與宴。留襟已鬱紆，行舟亦遙衍，非君不見思，所悲思不見。(〈別王丞僧孺〉)
>
> 玉繩隱高樹，斜漢耿層台。離堂華燭盡，別幌清琴哀。翻潮尚知恨，客思眇難裁。山川不可盡，況乃故人杯。(〈離夜〉)
>
> 高館臨荒途，清川帶長陌。上有流思人，懷舊望歸客。塘邊草雜紅，樹際花猶白。日暮有重城，何由盡離席。(〈送江水曹還遠館〉)
>
> 山中上芳月，故人清樽賞。遠山翠百重，迴流映千丈。花枝聚如雪，蕪絲散猶網。別後能相思，何嗟異封壤。(〈與江水曹至干濱戲〉)
>
> 悵望南浦時，徙倚北梁步。葉上涼風初，日隱輕霞暮。荒城迥易陰，秋溪廣難渡。沫泣豈徒然，君子行多露。(〈臨溪送別〉)

以上諸詩無不情深義重，纏綿已極，可見玄暉實為一多情之人。但江祏之輩素來為其所輕，朓亦因之而殞命，然而由〈送江水曹還遠館〉、〈與江水曹至干濱戲〉等詩看來，朓似乎與祏交情不惡，這應是其為文造情的結果。林嵩山先生便說：「夫深淺之交不分，則眞偽之情難辨，謝朓酬應既繁，竽濫自多，實足以貶其詩價也。」〔註67〕所評可謂中肯。

〔註67〕林嵩山先生《大小謝詩研究》頁25（政大中文所碩士論文、民國63年）。

第五章　宋齊詩風影響下二謝詩歌形式技巧的異同

上文曾提及，由於獨特的交遊經歷與性格，使得二謝詩歌除了共同情思外，更發展出了各自之內容特色：康樂的詩多表現著一種渴慕知音的孤獨感；玄暉詩中則處處流露出一種憂懼不安的驚惶感。然則，二謝雖有各自之特色、有其各自之表現重點，但在寫作技巧上，卻不免會受到既有文學傳統及當代詩風之影響。

南朝是唯美文風盛行之際，東晉時曾一度中挫的太康豔麗詩風，又再度風行：重視排偶、講究語句之雕琢、以及繁用典故等可說是當時詩風之特色。二謝身處於此時代之中，其詩作不免會感染了如是之風氣。然而，二謝雖同屬此唯美文風一脈，卻仍有其各自之特色，這種分歧，尤其展現在對聲韻的表現之上。魏晉以來聲韻學的濫觴，以及宋齊以來佛經轉讀反切之學的興起，在在使得詩人創作受到了影響，其中，尤以永明詩人特別強調聲律之講求，使南朝唯美文學臻於極至。玄暉爲永明詩人之代表，其對聲律之講求自較元嘉詩人代表之康樂嚴謹。

詩人雖受當代詩風之影響，卻非只是全然被動的接受，而是進一步運用轉化了這些技巧，藉其彰顯自己獨特的風格，值得進一步探討。以下，即依用典、對偶、以及句眼、重複字之次序加以敘明，最後並及於聲韻之比較，除明瞭元嘉與永明詩風之差別外，並闡明康樂與玄暉詩作獨特之風貌。

第一節　用　典

典故繁多是二謝詩共同的特色之一，這有兩點原因：一是時代風氣使然，一是家學有以致之。元嘉以來盛行用典，和靈運齊名的顏延之便以擅於堆砌典故著稱，《詩品》謂其：「喜用古事，彌見拘束。」葉師慶炳則謂元嘉詩歌之特色爲：「體盡排偶，語盡雕刻，又繁用典故。」〔註1〕而謝朓所處之世，用典之風更盛，《詩品、序》云：「大明、泰始中，文章殆同書抄。近任昉、王元長等，詞不貴奇，競須新事。爾來作者，寖以成俗，遂乃句無虛語，語無虛字，拘攣補衲，蠹文已甚。」且朓遊西邸時，竟陵王集學士抄五經百家，編《四部要略》千卷〔註2〕，爲事類之淵府。朓詩用典繁多，與此亦當有密切關係。再者，二謝均出身高門大族，自幼受到良好家學的陶養，飽讀詩書，具有豐富的學識，寫詩時徵引故實，亦爲自然之事。然則，二人雖都善於用典，惟其典故不論在來源及手法上皆有各自之偏好，足以彰顯二人詩歌之特色。以下便就二謝詩歌典故的主要來源，及其運用典故的特色加以比較說明。

靈運詩中之典多出自楚辭、三玄（老、莊、易）、詩經、史傳（史記、漢書、左傳）；朓詩之典則多出於楚辭、史傳（史記、漢書、後漢書）、詩經、靈運之詩。

讀靈運之詩，可以發現他對楚辭之偏愛，此可能有兩個原因：(一)靈運一生懷才不遇，且遭貶謫之命運，這與有志難伸，流放江潭之屈原頗有相似之處。(二）楚辭之字句華美，意象豐富，與靈運之詩同屬「富豔」一系。因之，靈運引屈原爲同調，且以楚辭爲模仿之對象

〔註 1〕葉師慶炳《中國文學史》頁 209（學生書局、民國 76 年）。
〔註 2〕南史卷四十四竟陵文宣王子良傳。

是可理解之事。在他的詩中，楚辭之典出現的頻率不僅甚高，而且他在使用時，對原典的句子僅做了些微的更動，可以說是有意地規襲原作，以〈郡東山望溟海〉詩爲例：

開春獻初歲，白日出悠悠。蕩志將愉樂，瞰海庶忘憂。策馬步蘭皋，喋控息椒丘。采蕙遵大薄，搴若履長洲。……

其中第五、六句「策馬步蘭皋，喋控息椒丘。」出自〈離騷〉：

步余馬於蘭皋，馳椒丘且焉止息。

其餘詩句則出自〈九章．思美人〉：

開春發歲兮，白日出之悠悠。吾將蕩志而愉樂兮，遵江夏以娛憂。擥大薄之芳茝兮，搴長洲之宿莽。

鈴木敏雄先生對這種表現特色有更詳細的說明：「那不只是單獨大量使用楚辭語言，而是套用楚辭兩句以上的構造，除去押韻，大致將原典的本來形式，移入自己的作品中。」〔註 3〕靈運這種與原作詞句相差無幾的表現方式，可說即是其用典的最大特色，亦是其詩之所以不免板拙的原因之一。

謝朓與靈運相同，亦喜歡運用楚辭入詩，然而他的表現方式卻與靈運大異其趣，他不似靈運之近乎抄襲楚辭原句，而是僅運用楚辭的某些詞句入詩，可使人聯想起原作，卻不會被原作所拘限，如〈和伏武昌登孫權故樓〉詩：

……幸藉芳音多，承風采餘絢。于役儻有期，鄂渚同遊衍。

其中「承風」出自〈遠遊〉的：

聞赤松之清塵兮，願承風乎遺則。

「鄂渚」出自〈九章．涉江〉的：

乘鄂渚而反顧兮，欸秋冬之緒風。

且他擅長醞釀類似楚辭的氣氛：

夕帳懷椒糈，蠲景潔膋薌。……秉玉朝群帝，樽桂迎東皇。

〔註 3〕鈴木敏雄先生〈由謝靈運詩與楚辭的關係看他的表現特色〉，李紅譯介（世界華學季刊、第三卷、第二期）。

排雲接蓋，蔽日下霓裳。會舞紛瑤席，安歌遶風梁。……(〈賽敬亭山廟喜雨〉)

洞庭張樂地，瀟湘帝子遊。雲去蒼梧野，水還江漢流。停驂我悵望，輟棹子夷猶。廣平聽方籍，茂陵將見求。心事俱已矣，江上徒離憂。(〈新亭渚別范零陵〉)

這些詩雖具有楚辭的情調，楚辭的字句，卻沒有一句是襲沓原典的，更明白地說，謝朓是將一些楚辭中特殊的意象巧妙地重現出來。而由〈和徐都曹出新亭渚〉中「日華川上動，風光草際浮」的句子看來，玄暉運用楚辭入詩實已達到一種玄妙靈動的境界。這兩句出自〈招魂〉的「光風轉蕙，氾崇蘭些。」經過朓特殊的處理後，可說是得其神而遺其跡。故我們大致可以說二謝在運用楚辭之典時，靈運與原作是形似，而玄暉則是神似。

在運用詩經爲典故時，靈運大多是扣緊原典之意使用，而且往往都與政治方面有關，如〈初發石首城〉詩：

白珪尚可磨，斯言易爲緇。雖抱中孚爻，猶勞貝錦詩。……

其中「白珪」、「斯言」二句出自〈大雅・抑〉：

白圭之玷，尚可磨也。斯言之玷，不可爲也。

這二句的意思是：白玉有了斑點，還可以磨掉，但誣陷之詞卻使人有口難辯。「猶勞」句則出自〈小雅・巷伯〉：

萋兮菲兮，成是貝錦。

鄭玄箋云：「喻讒人集作己過，以成于罪，猶女工之集彩色以成錦文也。」靈運以此表露自己憂讒畏譏之情。又如〈過白岸亭〉詩：

……交交止栩黃，呦呦食萍鹿，傷彼人百哀，嘉爾承筐樂。…

其中「交交」、「傷彼」二句出自〈秦風・黃鳥〉：

交交黃鳥，止于棘。如可贖兮，人百其身。

及〈小雅・黃鳥〉：

黃鳥黃鳥，無集於栩。

秦穆公死，康公遵其遺囑，用一百七十七人殉葬，其中有子車氏之三子奄息、仲行、鍼虎，時人稱爲「三良」，於是國人賦〈黃鳥〉對三良表示哀悼。靈運則藉此感歎君主的昏昧。「呦呦」、「嘉爾」二句出自〈小雅・鹿鳴〉：

呦呦鹿鳴，食野之苹。吹笙鼓簧，承筐是將。

此篇是周代君主宴請群臣嘉賓時所唱的歌，靈運藉此表達出對明主之世君臣情誼款洽之嚮往。故靈運運用詩經的典故時，與原作的關係是十分密切的，不僅在意義上與原作相同，就是某些句子亦與原作相差無幾，這與謝朓的表現方式是大不相同的。

謝朓對詩經典故的運用，在表現上不似靈運那樣對原作亦步亦趨，往往只是借用兩、三個字入詩，如〈京路夜發〉詩：

擾擾整夜裝，肅肅戒徂兩。……敕躬每跼蹐，瞻恩惟震蕩。…

「肅肅」二字見於〈召南・小星〉：

肅肅宵征，夙夜在公。

「跼蹐」二字則見於〈小雅・正月〉：

謂天蓋高，不敢不跼。謂地蓋厚，不敢不蹐。

且朓在使用詩經典故時，並不限於政治方面，應用範圍較靈運爲廣。如〈郡內高齊閑望答呂法曹〉詩：

……非君美無度，孰爲勞寸心。惠而能好我，問以瑤華音。…

則寫對遠方友人的思念之情，並希望能常通音訊。其中「美無度」、「勞寸心」出自：

〈魏風・汾沮洳〉：「彼其之子，美無度。」

〈齊風・甫田〉：「無思遠人，勞心怛怛。」

「惠而」、「問以」二句出自：

〈邶風・北風〉：「惠而好我。」

〈鄭風・女曰雞鳴〉：「雜佩以問之。」

洪順隆先生曰：「瑤華音，玉音也。即見贈之詩美如玉也。」〔註4〕

此外，他亦運用詩經之詞句來寫景，這在靈運詩中是相當罕見的。如〈始之宣城郡〉：

〔註 4〕洪順隆先生《謝宣城集校注》頁 324（台灣中華書局、民國 58 年）。

……招招漾輕檝，行行趨巖趾。……

「招招」句出自〈邶風・匏有苦葉〉：

招招舟子。

又如〈京路夜發〉：

……猶沾餘露團，稍見朝霞上。……

「猶沾」句出自〈鄭風・野有蔓草〉：

野有蔓草，零露團兮。

相較之下，靈運則只有「活活夕流駛，噭噭夜猿啼。」（〈登石門最高頂〉）中的「活活」二字，是以詩經之語寫大自然流水的聲響。其出自〈衛風・碩人〉：

河水洋洋，北流活活。

用典可以分爲「用事」及「用辭」兩類，靈運與朓詩中的典故，凡是出於史書的，都屬於「用事」一類，而且往往都是以人物爲主。靈運與朓詩中共同出現的史傳人物有司馬相如、汲黯、尚長、邴曼容四人，尤其司馬相如是二謝共同偏愛的人物，二人在詩中屢次提及：

無庸方周任，有疾像長卿。（謝靈運〈初去郡〉）

投沙理既迫，如邛願亦愆。（謝靈運〈還舊園作見顏范二中書〉）

廣平聽方籍，茂陵將見求。（謝朓〈新亭渚別范零陵〉）

還邛歌賦似，休汝車騎非。（謝朓〈休沐重還丹陽道中〉）

誰慕臨淄鼎，當希茂陵渴。（謝朓〈冬緒羈懷示蕭諮議虞田曹劉江二常侍〉）

二人在詩中強調的是相如的疾病和隱居不仕，二謝都在詩中說到自己身體有病，尤其靈運更是常常提及，如〈鄰里相送至方山〉：「積痾謝生慮，寡欲罕所闕。」〈登池上樓〉：「狗祿反（當作及）〔註5〕窮海，

〔註 5〕顧紹柏先生《謝靈運集校注》中〈登池上樓〉註⑧：「反，與『返』音義同。元劉履說：『反即前篇「傍歸路」之意』。見《選詩補注》卷六。按，靈運故鄉在會稽郡，而他的任職地點是在永嘉郡，此詩又作于永嘉，用一『反』字不免牽強；宋本《三謝詩》作『及』，似妥。及，到。」（中州古籍出版社、西元 1978 年）。

臥痾對空林。」相如有病與二謝的情況相同，而且隱居又是二人在詩中一再期盼的事，這亦是二謝詩一個重要的共同主題，已於前文詳細說明〔註6〕，故相如之事一再地在二人詩中出現。《史記·卷一百十七·司馬相如列傳》:「相如口吃而善著書，常有消渴疾。與卓氏婚，饒於財。其進仕宦，未嘗肯與公卿國家之事，稱病閒居，不慕官爵。」此外，相如的文學才華，亦是他爲二謝所偏愛的原因之一，《史記·本傳》:「上讀子虛賦而善之，曰:『朕獨不得與此人同時哉！』……相如既奏大人之頌，天子大悅，飄飄有凌雲之氣，似游天地之間意。」朓詩中便說:「還邛歌賦似。」(〈休沐重還丹陽道中〉)靈運詩中雖未明說，但想必亦重視此點。二謝皆以文才著稱，引相如爲同類是十分自然的事情。

汲黯則是二謝心目中理想的官吏，靈運爲永嘉太守和朓爲宣城太守時都以之自況：

臥病同淮陽，宰邑曠武城。弦歌愧言子，清靜謝伏（當作汲）〔註7〕生。(謝靈運〈命學士講書〉)

淮陽股肱守，高臥猶在茲。況復南山曲，何異幽棲時。(謝朓〈在郡臥病呈沈尚書〉)

臥病與清淨無爲是汲黯的兩點特徵，《漢書·卷五十·汲黯傳》:「黯學黃老言，治官民好清靜，擇丞史任之，責大旨而已，不細苛。黯多病，臥閤內不出，歲餘，東海大治。」臥病自與二謝相似，而清淨無爲更與當時貴族官吏以不營庶務爲高之風相合，此點前文有詳細說明〔註8〕，且靈運又可爲自己不負責任的行爲找到藉口，這是汲黯爲二謝所重的原因。

〔註 6〕詳見本文第三章第一節〈仕與隱的矛盾〉。

〔註 7〕「伏生」與文義無關，當作「汲生」。因首四句有相互的關連性在，第三句承第二句而來，第四句承第一句而來。顧紹柏先生《謝靈運集校注》中〈命學士講書〉註⑤便云:「伏生，當作『汲生』，各本皆誤。」(中州古籍出版社、西元 1978 年)。

〔註 8〕詳見本文第三章第二節〈儒、道並蓄的政治理念〉。

尙長和邴曼容亦是二謝詩中所嚮往的人物，代表的是一種出世的風範：

> 畢娶類尚子，薄遊似邴生。（謝靈運〈初去郡〉）
> 偶與張邴合，久欲還東山。（謝靈運〈還舊園作見顏范二中書〉）
> 遠協尚子心，遙得許生計。（謝靈運〈初往新安至桐廬口〉）
> 尚子時未歸，邴生思自免。（謝朓〈遊山〉）

尙長，後漢書作向長，文選李善注：「范曄後漢書曰：『向長，字子平，男娶女嫁既畢，乃斷家事。』……班固漢書曰：『邴曼容，養志自修，爲官不肯過六百石，輒自免去。』」尙長和邴曼容代表著一種悠遊物外的風操，他們不認同於世俗的價值觀，敢於堅持自己的理想，二謝雖在詩中深致仰慕之情，然而他們在現實生活中卻是十分凡俗的，靈運雖屢次隱退，但亦不免復仕，終生徘徊在仕與隱的矛盾當中。小謝則更是連具體的隱逸舉動都不曾有過，一點也不超脫，詩中之語，不過說說罷了。

此外，魯仲連是靈運個人最偏愛的人物，他在靈運詩中頻頻出現：

> 弦高犒晉師，仲連卻秦軍。臨組乍不緤，對珪寧肯分。惠物辭所賞，勵志故絕人。（〈述祖德〉）
> 仲連輕齊組，子牟眷魏闕。矜名道不足，適己物可忽。（〈遊赤石進帆海〉）
> 魯連謝千金，延州權去朝。行路既經見，願言寄吟謠。（〈入東道路〉）
> 韓亡子房奮，秦帝魯連恥。本自江海人，忠義感君子。（〈臨川被收〉）

魯仲連憑機智使秦軍退卻的偉大功績與辭功不受賞的高潔襟懷，是靈運最爲敬佩之處。文選李善注：「史記曰：『魯仲連，齊人也。趙孝成王時，秦使白起圍趙，魏王使將軍新垣衍說趙尊秦昭王爲帝，仲連責而歸之，新垣衍起，再拜，請出。秦將聞之，爲卻十五里（應爲五十里）。……平原君欲封魯連，連不肯受。」靈運認爲魯仲連和自己的祖父謝玄具有同樣偉大的功績和美德，而謝玄正是靈運最崇仰的先人，故其自然有大丈夫當亦若是的抱負，且當時謝氏家族已不似往日貴顯繁盛，孫恩之亂時，謝家受到嚴重打擊，死亡慘重；然後是謝混、謝晦的相繼被殺，謝氏在朝中已無甚勢力，故靈運有欲恢復家族往日光榮，效法祖父的心理，亦是人情之常，其對魯仲連的偏愛就其來有自了。

二謝在運用史傳人物之典故入詩時，靈運喜歡以重疊的方式加強同一概念，即上、下句所徵引的人物，他們的行爲是相似的，而朓則常以對比的方式凸顯自己的意念，即上、下句徵引之人物具有相反的行爲，這是二謝運用史傳典故在表現上的最大不同，舉數例如下：

謝靈運

段生藩魏國，展季救魯民。弦高犒晉師、仲連卻秦軍。(〈述祖德、其一〉)

李牧愧長袖，郤克慚躧步。(〈永初三年七月十六日之郡初發都〉)

彭薛裁知恥，貢公未遺榮。(〈初去郡〉)

謝朓

寧希廣平詠，聊慕華陰市。(〈始之宣城郡〉)

誰慕臨淄鼎，當希茂陵渴。(〈冬緒羈懷示蕭諮議虞田曹劉江二常侍詩〉)

既乏瑯琊政，方憩洛陽社。(〈落日悵望〉)

靈運的詩中周易、老、莊之語特多，源自三玄的典故俯拾皆是，而玄暉詩中使用三玄之典，可說微乎其微，故不加以比較。此乃因靈運仍未脫東晉玄言詩之影響，詩末常以玄理作結之緣故。劉勰雖謂：「宋初文詠，體有因革，莊老告退，而山水方滋」〔註9〕，然實際的情況卻是莊老未退，這由靈運的詩中便可看出。而到了玄暉，詩中的莊老便眞正地告退了，文風代變，此亦一例也。

最後，要討論的是玄暉詩句沿襲康樂之處，以見康樂對其影響之深。玄暉詩雖自有其獨特的風格，然而，我們卻可發現他常常有意地

〔註9〕劉勰《文心雕龍・明詩篇》。

模仿康樂，這種模仿並不僅限於字句，有些詩甚至整首都刻意經營成康樂式的情調。朓詩之字句模仿靈運者，舉例如下：

謝靈運	謝朓
日末澗增波，雲生嶺逾疊。〔註10〕	日隱澗疑空，雲聚岫如複。〔註11〕
池塘生春草，園柳變鳴禽。〔註12〕	巖垂變好鳥，松上改陳蘿。〔註13〕
首夏猶清和，芳草亦未歇。〔註14〕	首夏實清和，餘春滿郊甸。〔註15〕
初篁苞綠籜，新蒲含紫茸。〔註16〕	丹纓猶照樹，綠筠方解籜。〔註17〕
久露干祿請，始果遠遊諾。〔註18〕	既歡懷祿情，復協滄洲趣。〔註19〕
乘月弄潺湲。〔註20〕	乘景弄清漪。〔註21〕
萬里瀉長汀。〔註22〕	瑟汨瀉長淀。〔註23〕
芳塵凝瑤席。〔註24〕	瑤席芳塵滿。〔註25〕

以上之例，或句似、或意似、或神似，均可見朓詩句脫胎自靈運之痕跡。而像〈遊山〉詩，更是整首規模靈運的風格：

託養因支離，乘閒遂疲蹇。語默良未尋，得喪云誰辯。
幸蒞山水都，復值清冬緬。凌崖必千仞，尋谿將萬轉。

〔註10〕謝靈運〈登上戍石鼓山〉。
〔註11〕謝朓〈和王著作融八公山〉。
〔註12〕謝靈運〈登池上樓〉。
〔註13〕謝朓〈和王長史臥病〉。
〔註14〕謝靈運〈遊赤石進帆海〉。
〔註15〕謝朓〈別王丞僧孺〉。
〔註16〕謝靈運〈於南山往北山經湖中瞻眺〉。
〔註17〕謝朓〈紀功曹中園聯句〉。
〔註18〕謝靈運〈富春渚〉。
〔註19〕謝朓〈之宣城郡出新林浦向板橋〉。
〔註20〕謝靈運〈入華子岡是麻源第三谷〉。
〔註21〕謝朓〈將遊湘水尋句溪〉。
〔註22〕謝靈運〈白石巖下徑行田〉。
〔註23〕謝朓〈將遊湘水尋句溪〉。
〔註24〕謝靈運〈石門新營所住四面高山迴溪石瀨茂林脩竹〉。
〔註25〕謝朓〈夜聽妓、其一〉。

堅崿既崚嶒，迴流復宛澶。杳杳雲竇深，淵淵石溜淺。
傍眺鬱篻簩，還望森柟梗。荒隩被葴莎，崩壁帶苔蘚。
鼯狖叫層嵁，鷗鳧戲沙衍。觸賞聊自觀，即趣咸已展。
經目惜所遇，前路欣方踐。無言蕙草歇，留垣芳可搴。
尚子時未歸，邴生思自免。永志昔所欽，勝跡今能選。
寄言賞心客，得性良爲善。

此詩除了在結構上追尋靈運山水詩記遊、寫景、興情、悟理的形式外〔註26〕，詩中巉峭危仄的山崖，綿延曲折的流水，和幽森奇詭的氣氛，無不酷似靈運之詩。且此詩模仿靈運之詞句亦特多，如「堅崿既崚嶒，迴流復宛澶。」出自「側徑既窈窕，環洲亦玲瓏。」〔註27〕「鼯穴叫層嵁，鷗鳧戲沙衍。」出自「海鷗戲春岸，天雞弄和風。」〔註28〕「尙子時未歸，邴生思自免。」出自「畢娶類尙子，薄遊似邴生。」〔註29〕「寄言賞心客，得性良爲善。」出自「寄言攝生客，試用此道推。」〔註30〕由此我們可以知道小謝對於大謝是如何地傾慕了，但〈遊山〉一類詩，並不是小謝的本色詩，他只是純粹爲了學習靈運而作。此外，朓在其他具有個人特色的詩中，亦不忘時時沿襲、轉化大謝之詞句入詩，靈運對朓詩影響之深可見。

總而言之，元嘉之後，詩人上承太康豔麗之詩體，日趨喜愛典故之使用，大小謝處此脈絡，詩中自是處處可見用典之痕跡。細觀大小謝詩作，楚辭及詩經雖是兩人常引用者，然而兩人引用之方式卻大不相同。靈運特別偏愛楚辭，顯然有感於在政治現實中，屈原與己身類同之命運。這種懷才不遇、有志難伸，對於政治黑暗感到無奈激憤的情思，使其在運用楚辭之外如詩經之典故時，往往亦與政治脫不了關

〔註26〕見林師文月〈中國山水詩的特質〉，收於《山水與古典》中。（純文學出版社、民國73年）。
〔註27〕謝靈運〈於南山往北山經湖中瞻眺〉。
〔註28〕同上註。
〔註29〕謝靈運〈初去郡〉。
〔註30〕謝靈運〈石壁精舍還湖中作〉。

係。加以靈運之引用典故，通常只是對原有句子做些微更動之規襲方式，因而強化了其詩作板拙之特色。反觀謝朓用典，卻巧妙玲瓏、取神遺跡，詩經中典故之使用也不限於政治方面，且出現以之寫景的情況，予人一種玄妙靈動之意象。

面對著世族共同的命運，有感於仕途的坎坷，一如當代之士人，大小謝在出仕以求淑世之人生理想未能達成之後，不是轉而追慕道家無爲、垂拱而治的政治清明景象，便是乾脆興起了歸隱山林之念頭，是以，諸如司馬相如、汲黯、尙長與邴曼容等代表隱居不仕或崇尙自然無爲的人物，自然成了二謝詩中常用的典故。然則，歸隱對於二謝之意義卻是相當不同的，對大謝來說，歸隱實意涵了一種對現實的抗議，並且曾以實際行動實現之；反觀謝朓，隱逸不過是內心深處嚮往的一種境界，其終究是個不敢跳脫紅塵的妥協者。

無論如何，二謝對家族之情感是不可抹滅的，是以，靈運會偏愛功績美德與祖父相當的魯仲連，而頻頻出現以仲連爲喻之典故；謝朓亦常模仿、轉化靈運之字句入詩，其模仿有時甚至於不限字句、而及於康樂式情調之模擬，於此不難一窺玄暉對靈運文采的深刻孺慕之情。蓋家族既有榮耀的不再，常是他們內心深處失落的根源！

第二節　對　偶

中國文字單音、方塊形體的特性，特別適於講對偶，詩經、楚辭中便有許多整齊的對句。隨著時代的演進與文學美感的愈益講究，偶對在詩中所佔的比例亦大幅增加，而偶對的技巧亦日趨繁複。到了西晉時代，對偶的使用已十分可觀，可以陸機爲代表。然而，從陸機到謝靈運偶句的質量有著顯著的進步，高木正一先生云：「陸機的對句固然値得重視，然而在他所有的詩中，使用對句的比率卻只有百分之三十五點六而已。到了宋的謝靈運，他才把這個比率增加到百分之六十以上，而且更用心地使對句變成了一種精緻的東西。……我們不妨下一個結論：即律詩在對句方面的基礎，在五世紀初葉的謝靈運時代大體已經成立了。」〔註31〕以〈登池上樓〉爲例：

潛虬媚幽姿，飛鴻響遠音。薄霄愧雲浮，棲川怍淵沈。進德智所拙，退耕力不任。狥祿反（當作及）〔註32〕窮海，臥痾對空林。衾枕昧節候，褰開暫窺臨。傾耳聆波瀾，舉目眺嶇嶔。初景革緒風，新陽改故陰。池塘生春草，園柳變鳴禽。祁祁傷豳歌，萋萋感楚吟。索居易永久，離群難處心。持操豈獨古，無悶徵在今。

這樣百多字的長詩，幾乎通篇偶對，且相當工整巧妙，的確令人歎爲觀止。而身爲永明詩人翹楚的謝玄暉，亦不例外，其篇章中整鍊的偶句隨處可見，如〈詠燭〉一詩，更是通篇偶對之作：

杏梁賓未散，桂宮明欲沈。曖色輕帷裏，低光照寶琴。徘徊雲髻影，的爍綺疏金。恨君秋月夜，遺我洞房陰。

至於對句的作法，《文心雕龍．麗辭篇》已有：「麗辭之體，凡有四對。言對爲易，事對爲難。反對爲優，正對爲劣。」之論，並舉例以明之。其後，方法的講求愈趨精細，唐上官儀有六對與八對〔註33〕、皎然有八對〔註34〕之說，而空海《文鏡祕府論》甚至有二十九種對法〔註35〕，可說至爲繁複細膩，故本文不依各家說法一一

〔註31〕高木正一先生〈六朝律詩之形成（上）〉（大陸雜誌、十三卷、九期）

〔註32〕顧紹柏先生《謝靈運集校注》中〈登池上樓〉註⑧：「反，與『返』音義同。元劉履說：『反即前篇「傍歸路」之意』。見《選詩補注》卷六。按，靈運故鄉在會稽郡，而他的任職地點是在永嘉郡，此詩又作于永嘉，用一『反』字不免牽強；宋本《三謝詩》作『及』，似妥。及，到。」（中州古籍出版社、西元1978年）。

〔註33〕宋魏慶之《詩人玉屑》卷七引《詩苑類格》載上官儀之六對爲：正名對、同類對、連珠對、雙聲對、疊韻對、雙擬對。八對爲：的名對、異類對、雙聲對、疊韻對、聯綿對、雙擬對、回文對、隔句對。（台灣商務印書館、民國69年）。

〔註34〕空海《文鏡祕府論、東卷、二十九種對》中提到鄰近對、交絡對、當句對、含境對、背體對、偏對、雙虛實對、假對八種出於皎公《詩議》。（河洛圖書出版社、民國65年）。

〔註35〕除了註三的八種對外，尚有的名對、隔句對、雙擬對、聯綿對、互

將二謝詩之對偶加以分類，而擬討論二謝詩中對偶的一些特殊現象與作用。

二謝在詩中常刻意地使數字相對，這些偶句中的數字不但使得詩歌更具語言上巧妙的感覺，而且會營造一種宏偉的氣勢，有時為了加強這種氣勢，甚至連續四句中都有數字出現。以下便舉例說明數字在二人偶句中的出現情形：

謝靈運

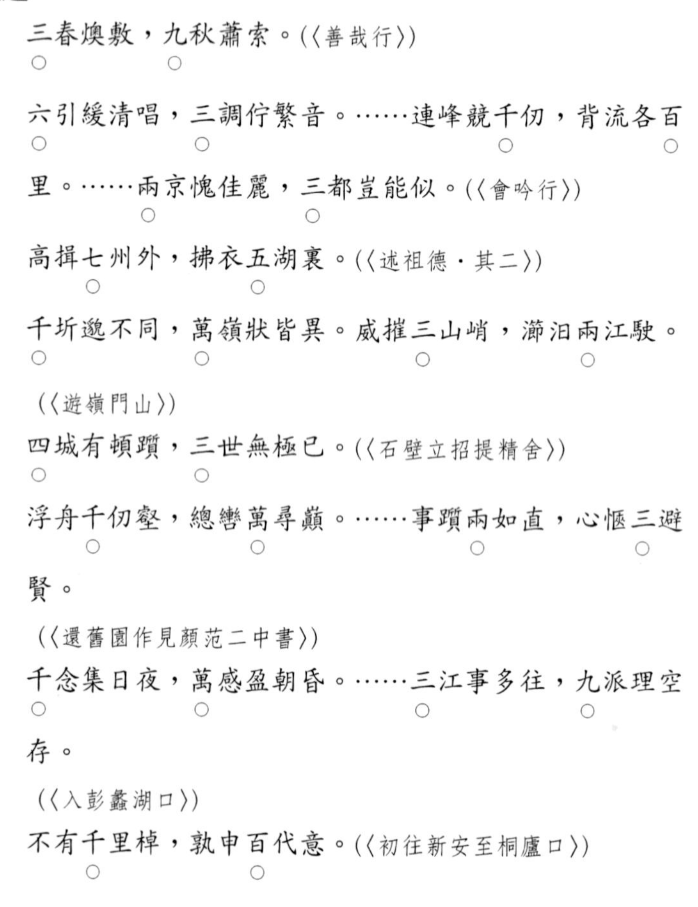

三春燠敷，九秋蕭索。(〈善哉行〉)

六引緩清唱，三調佇繁音。……連峰競千仞，背流各百里。……兩京愧佳麗，三都豈能似。(〈會吟行〉)

高揖七州外，拂衣五湖裏。(〈述祖德．其二〉)

千圻邈不同，萬嶺狀皆異。威摧三山峭，瀄汩兩江駛。(〈遊嶺門山〉)

四城有頓躓，三世無極已。(〈石壁立招提精舍〉)

浮舟千仞壑，總轡萬尋巔。……事躓兩如直，心愜三避賢。(〈還舊園作見顏范二中書〉)

千念集日夜，萬感盈朝昏。……三江事多往，九派理空存。(〈入彭蠡湖口〉)

不有千里棹，孰申百代意。(〈初往新安至桐廬口〉)

成對、異類對、賦體對、雙聲對、疊韻對、迴文對、意對、平對、奇對、同對、字對、聲對等二十一種對。

謝朓

二儀啓昌曆，三陽應慶期。（〈元會曲〉）

六宗禋祀岳，五時奠甘泉。整蹕遊九闕，清蕭開八埏。（〈郊祀曲〉）

帝國開九有，皇風浮四溟。永明一爲樂，咸池無復靈。（〈永明樂・其一〉）

荊山蓯百里，漢廣流無極。……子肅兩岐功，我滯三冬職。（〈答張齊興〉）

既灑百常觀，復集九成臺。（〈觀朝雨〉）

花叢亂數蝶，風簾入雙燕。……平生一顧重，宿昔千金賤。（〈和王主簿季哲怨情〉）

四面寒飆舉，千里白雲來。（〈奉和隨王殿下・其四〉）

遠山翠百重，迴流映千丈。（〈與江水曹至干濱戲〉）

飛蛾再三繞，輕花四五重。（〈詠燈〉）

這些數字大多爲虛指，並非實數，是作者刻意用來增加詩篇的工巧與特殊美感而使用的。值得我們注意的是，這種數字的相對，在二謝偶句中佔有相當大的篇幅，而且有時在同一首詩中一再地出現這種技巧，可說是二謝詩相當大的一個特色。

二謝之詩所以美不勝收，善於運用色彩是主要的原因之一，二謝對於各種色彩似乎都相當喜愛，而且能夠調配自如。雖然二人詩中亦有顏色字單獨出現的例子，然而，總不如對偶中的效果好，二謝似乎更用心也更喜愛在對偶中去經營一個繽紛綺麗的世界：

謝靈運

原隰荑綠柳，墟囿散紅桃。（〈從遊京口北固應詔〉）

白雲抱幽石，綠篠媚清漣。(〈過始寧墅〉)

白花皜陽林，紫虈曄春流。(〈郡東山望溟海〉)

殘紅被徑隧，初綠雜淺深。(〈讀書齋〉)

初篁苞綠籜，新蒲含紫茸。(〈於南山往北山經湖中瞻眺〉)

春晚綠野秀，巖高白雲屯。……金膏滅明光，水碧綴流溫。(〈入彭蠡湖口〉)

銅陵映碧澗，石磴瀉紅泉。(〈入華子崗是麻源第三谷〉)

山桃發紅萼，野蕨漸紫苞。(〈酬從弟惠連・其五〉)

謝朓

朱臺鬱相望，青槐紛馳道。(〈永明樂・其三〉)

彩鳳鳴朝陽，玄鶴舞清商。(〈永明樂・其十〉)

青磴崛起，丹樓間出。翠葆隨風，金戈動日。(〈侍宴華光殿曲水奉　為皇太子作〉)

紫殿肅陰陰，彤庭赫弘敞。……玲瓏結綺錢，深沈映朱網。

紅藥當階翻，蒼苔依砌上。(〈直中書省〉)

餘雪映青山，寒霧開白日。(〈高齋視事〉)

環梨縣已紫，珠榴折且紅。(〈和沈祭酒行園〉)

塘邊草雜紅，樹際花猶白。(〈送江水曹還遠館〉)

二人似乎都喜歡將強烈的對比色加以並排，如紅與綠、白與綠、紅與紫等等，以凸顯各個色彩的特質並營造鮮明的意象，給人大地一片錦繡燦爛的感覺，而這種效果，唯有透過對偶方容易達成。

二謝詩中另一個共同的現象，就是疊字特多，而疊字又往往在對偶的句中出現，這種疊字連續出現的情況，不但使得詩歌特具音韻之美，且誦讀起來具有一種輕快流暢的感覺：

謝靈運

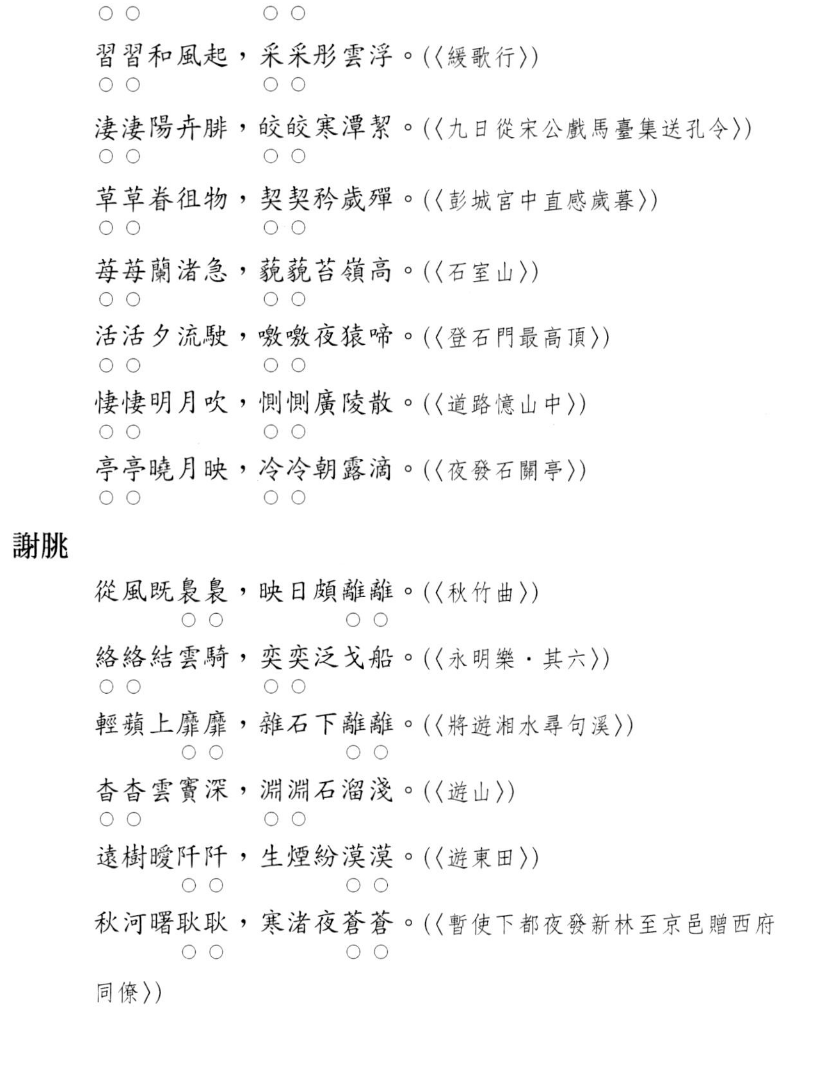

灼灼桃悅色，飛飛鶯弄聲。(〈悲哉行〉)

習習和風起，采采形雲浮。(〈緩歌行〉)

淒淒陽卉腓，皎皎寒潭絜。(〈九日從宋公戲馬臺集送孔令〉)

草草眷徂物，契契矜歲殫。(〈彭城宮中直感歲暮〉)

莓莓蘭渚急，藐藐苔嶺高。(〈石室山〉)

活活夕流駛，噭噭夜猿啼。(〈登石門最高頂〉)

悽悽明月吹，惻惻廣陵散。(〈道路憶山中〉)

亭亭曉月映，泠泠朝露滴。(〈夜發石關亭〉)

謝朓

從風既裊裊，映日頗離離。(〈秋竹曲〉)

絡絡結雲騎，奕奕泛戈船。(〈永明樂・其六〉)

輕蘋上靡靡，雜石下離離。(〈將遊湘水尋句溪〉)

杳杳雲竇深，淵淵石溜淺。(〈遊山〉)

遠樹曖阡阡，生煙紛漠漠。(〈遊東田〉)

秋河曙耿耿，寒渚夜蒼蒼。(〈暫使下都夜發新林至京邑贈西府同僚〉)

稍稍枝早勁，塗塗露晚晞。(〈酬王晉安德元〉)
○○　　　○○

衰柳尚沈沈，凝露方泥泥。(〈始出尚書省〉)
　　○○　　　○○

這些疊字就詞性而言，可分爲形容詞與副詞兩種，其所修飾之對象則包括物體的樣貌、聲音與動作，應用的範圍可說相當廣泛。靈運詩中的疊字幾乎都出現在句首，玄暉詩中的疊字則有很大的部分是出現在句末，這是二人在疊字使用上的最大不同處。

雙聲疊韻字的使用亦是二謝詩對偶中常出現的技巧，它與疊字一樣，可以增加詩歌的音聲之美，使得詩歌更爲活潑流利，而在偶句中使用雙聲疊韻，特別能夠顯示作品的精巧與作者的匠心：

謝靈運

溯流觸驚急，臨圻阻參錯。(〈富春渚〉)
　　○○　　　○○

「驚急」、「參錯」皆雙聲。

想像崑山姿，緬邈區中緣。(〈登江中孤嶼〉)
○○　　　○○

「想像」、「緬邈」皆雙聲。

澹瀲結寒姿，團欒潤霜質。(〈登永嘉綠嶂山〉)
●●　　　●●

「澹瀲」、「團欒」皆疊韻。

側徑既窈窕，環洲亦玲瓏。(〈於南山往北山經湖中瞻眺〉)
　　●●　　　○○

「窈窕」爲疊韻，「玲瓏」爲雙聲。

依稀採菱歌，彷彿含嚬容。(〈行田登海口盤嶼山〉)
●●　　　○○

「依稀」爲疊韻，「彷彿」爲雙聲。

蘋萍泛沈深，菰蒲冒清淺。(〈從斤竹澗越嶺溪行〉)
○○　●●　●●　○○

「蘋萍」爲雙聲，「沈深」爲疊韻。

「菰蒲」爲疊韻，「清淺」爲雙聲。

謝　朓

玲瓏類丹檻，苕亭似玄闕。(〈詠鏡臺〉)
○○　　　○○

「玲瓏」、「苕亭」皆雙聲。

悵望心已極，惝怳魂屢遷。(〈宣城郡內登望〉)
●●　　　●●

「悵望」、「惝怳」皆疊韻。

葉生既婀娜，葉落更扶疏。(〈遊東堂詠桐〉)
　　●●　　　●●

「婀娜」、「扶疏」皆疊韻。

疏散謝公卿，蕭條依掾史。(〈始之宣城郡〉)
○○　　　●●

「疏散」爲雙聲，「蕭條」爲疊韻。

玲瓏結綺錢，深沈映朱網。(〈直中書省〉)
○○　　　●●

「玲瓏」爲雙聲、「深沈」爲疊韻。

蒼翠望寒山，崢嶸瞰平陸。(〈冬日晚郡事隙〉)
○○　　　●●

「蒼翠」爲雙聲、「崢嶸」爲疊韻。

這些雙聲疊韻字在二謝詩的偶句中俯拾皆是，或雙聲對雙聲、或疊韻對疊韻、或雙聲與疊韻相對，而詞性更是名詞、動詞、形容詞、副詞皆有，應用的範圍較疊字更爲廣泛，這些雙聲疊韻字的並列運用，是二謝詩特具玲瓏鏗鏘之音韻美的重要因素。

《文心雕龍．麗辭篇》曰：「造化賦形，支體必雙。神理爲用，事不孤立。夫心生文辭，運裁百慮，高下相須，自然成對。」故偶句本來就具有天然的均衡美感，然而，除此之外，偶對更具有加強同類情境氣氛或凸顯對比事物特色的巧妙效果，這由上文所分析的二謝詩歌對偶中的一些特殊現象，便可證明。

總而言之，雖然在西晉詩人如陸機的作品中，對偶之使用已十分可觀，然而偶句之大量使用，可說是到靈運時方才確立的，經過靈運的努力，對句成了一種精緻的東西，南朝唯美文學體盡排偶的特色於焉可見。此種趨勢一直到玄暉亦不例外，其篇章中整鍊的對句隨處可見。綜觀二謝詩歌，對偶中常出現的共同特殊現象為：數字相對、色彩相對、疊字相對以及雙聲疊韻字相對的比例極高。數字相對，營造出的是一種宏偉的氣勢；色彩相對則易於營造一個繽紛綺麗的世界；疊字及雙聲疊韻字的相對，除使詩歌具有玲瓏鏗鏘、輕快流暢之感外，更特增工麗精巧之美。

第三節　句眼、重覆字

除了喜用典故、注重對偶，二謝亦均重視鍊字，尤其是詩中動詞的選擇，最費苦心，務使其新穎警策，能夠增加詩之意涵與美感，這種句中的關鍵字，即所謂「句眼」〔註36〕。

二謝詩中的句眼常喜歡用出人意表的字彙，或改變字彙的詞性，來達到一種特殊的效果，如：

謝靈運

池塘生春草，園柳變鳴禽。(〈登池上樓〉)

密林含餘清，遠峰隱半規。(〈遊南亭〉)

近澗涓密石，遠山映疏木。(〈過白岸亭〉)

積石竦兩溪，飛泉倒三山。(〈發歸瀨三瀑布望兩溪〉)

千頃帶遠堤，萬里瀉長汀。(〈白石巖下徑行田〉)

謝朓

日華川上動，風光草際浮。(〈和徐都曹出新亭渚〉)

〔註36〕即所謂「句中眼」或「詩眼」，宋人論詩每有此說。如宋魏慶之《詩人玉屑》卷三即有「句中有眼」、「句中眼」之條目。清劉熙載則歸納詩眼之形式謂：「詩眼，有全集之眼，有一篇之眼，有數句之眼，有一句之眼；有以數句為眼者，有以一句為眼者，有以一二字為眼者。」(《藝概》卷二〈詩概〉)。

葉低知露密，崖斷識雲重。(〈移病還園示親屬〉)
　　○　　　　○

遠樹曖阡阡，生煙紛漠漠。(〈遊東田〉)
　　○　　　　○

玉繩隱高樹，斜漢耿層臺。(〈離夜〉)
　　○　　　　○

天際識歸舟，雲中辨江樹。(〈之宣城郡出新林浦向板橋〉)
　　○　　　　○

這些句中的動詞都是經過作者苦心推敲而得的，有些字表面看似平凡，然而在詩句中出現時，卻能營造一種出人意表的效果，使整個句子鮮活起來。又如：

謝靈運

白日麗江皋，原隰荑綠柳。(〈從遊京口北固應詔〉)
　　○　　　　○

蠱上貴不事，履二美貞吉。(〈登永嘉綠嶂山〉)
　　○　　　　○

白花皜陽林，紫虈曄春流。(〈郡東山望溟海〉)
　　○　　　　○

青翠杳深沈。(〈晚出西射堂〉)
　　○

密親麗華苑。(〈君子有所思行〉)
　　○

謝朓

月陰洞野色，日華麗池光。(〈奉和隨王殿下・其三〉)
　　○　　　　○

金波麗鳷鵲，玉繩低建章。(〈暫使下都夜發新林至京邑贈西府同僚〉)
　　○　　　　○

累榭疏遠風，廣庭麗朝日。(〈奉和隨王殿下・其九〉)
　　○　　　　○

竹樹澄遠陰。(〈和宋記室省中〉)
　　○

清揚婉禁居。(〈和宋記室省中〉)
　　○

以上句中的動詞，大多爲形容詞轉變詞性而來，而「荑」字則是從名詞而來。這種變化其他詞性以爲動詞的作法，不但使句子充滿了新鮮感，而且使意象更爲豐富，二人皆是其中的高手。

此外，二謝亦常使用擬人化的動詞，因而賦予所描繪景物活潑的生命感：

謝靈運

白雲抱幽石，綠篠媚清漣。(〈過始寧墅〉)

潛虯媚幽姿，飛鴻響遠音。(〈登池上樓〉)

亂流趨正絕，孤嶼媚中川。(〈登江中孤嶼〉)

海鷗戲春岸，天雞弄和風。(〈於南山往北山經湖中瞻眺〉)

白芷競新苕。(〈登上戍石鼓山〉)

謝朓

瀾光媚碧隄。(〈登山曲〉)

鷗鳧戲沙衍。(〈遊山〉)

魚戲新荷動。(〈遊東田〉)

寒蛸早吟隙。(〈同羈夜集〉)

晞光弄羽翼。(〈詠鸂鶒〉)

「抱」、「媚」、「戲」、「吟」等，皆是形容人類動作、情態的字眼，作者將自己的情思投射於山川禽鳥之上，因而萬物皆染上了人類的色彩，可說已達到了物、我合一的境界。

重覆字的使用亦是二謝詩中常見的技巧，舉例說明如下：

謝靈運

苕苕歷千載，遙遙播清塵。清塵竟誰嗣，明哲垂經綸。

委講輟道論，改服康世屯。屯難既云康，尊主隆斯民。

（〈述祖德・其一〉）

中原昔喪亂，喪亂豈解已。（〈述祖德・其二〉）

羈心積秋晨，晨積展遊眺。（〈七里瀨〉）

昏旦變氣候，山水含清暉。清暉能娛人，游子憺忘歸。

（〈石壁精舍還湖中作〉）

樵隱俱在山，由來事不同。不同非一事，養痾亦園中。

中園屏紛雜，清曠招遠風。（〈田南樹園激流植援〉）

末路值令弟，開顏披心胸。心胸既云披，意得咸在斯。……

悟對無厭歇，聚散成分離。分離別西川，迴景歸東山。……

辛勤風波事，款曲洲渚言。洲渚既淹時，風波子行遲。……

儻若果歸言，共陶暮春時。暮春雖未交，仲春善遊遨。

（〈酬從弟惠連〉）

杪秋尋遠山，山遠行不近。……顧望脰未悁，汀曲舟已隱。

隱汀絕望舟，騖棹逐驚流。……豈惟夕情斂，憶爾共淹留。

淹留昔時歡，復增今日歎。……戚戚新別心，悽悽久念攢。

攢念攻別心，旦發清溪陰。（〈登臨海嶠初發疆中作與從弟惠連見羊何共和之〉）

火逝首秋節，新明弦月夕。月弦光照戶，秋首風入隙。

（〈七夕詠牛女〉）

謝　朓

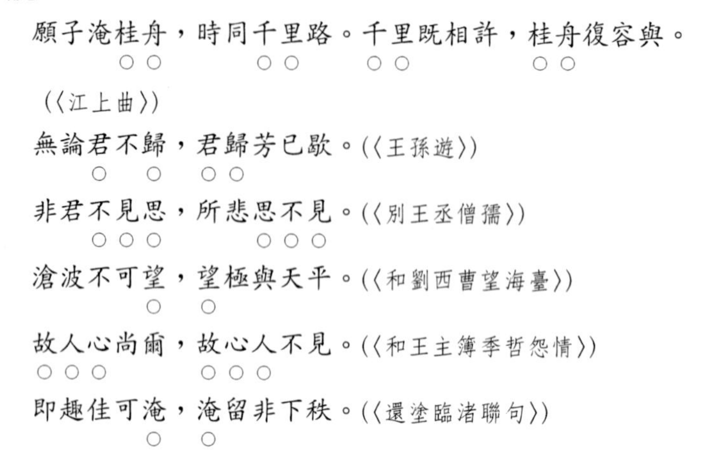

願子淹桂舟，時同千里路。千里既相許，桂舟復容與。

（〈江上曲〉）

無論君不歸，君歸芳已歇。（〈王孫遊〉）

非君不見思，所悲思不見。（〈別王丞僧孺〉）

滄波不可望，望極與天平。（〈和劉西曹望海臺〉）

故人心尚爾，故心人不見。（〈和王主簿季哲怨情〉）

即趣佳可淹，淹留非下秩。（〈還塗臨渚聯句〉）

由以上之例可知，有些詩句僅有一字重覆，有些則兩字重覆，甚至有三字重覆者。重覆字之次序與原句相較則或正（如「中原昔喪亂，喪亂豈解已」、「無論君不歸，君歸芳已歇」）或反（如「杪秋尋遠山，山遠行不近」、「悽悽久念攢，攢念攻別心」）或加以重組（如「汀曲舟已隱，隱汀絕望舟」、「故人心尚爾，故心人不見」），而聯與聯間重覆者，則第三句重覆第二句之字，第四句重覆第一句之字（如「火逝首秋節，新明弦月夕。月弦光照户，秋首風入隙」、「願子淹桂舟，時同千里路。千里既相許，桂舟復容與」），以形成一種迴環往覆的特殊效果。二謝詩中重覆字的使用，大致上都相當成功，它們增加了詩歌的韻味與情味。尤其靈運在聯章詩中使用此種句法，使得全詩有一種整體的連貫感，且詩意亦隨之漸漸湧出，次第翻新，自有一股不凡的氣勢。

第四節　聲　韻

大謝與小謝在用典、對偶、句眼、重複字等形式技巧的運用上，雖不能說沒有各自之特色，然而，兩者詩歌在形式上之最主要差別，實在音韻的表達之上，這也正是元嘉詩體與永明詩體主要的差別所在。魏晉之際，聲韻學即已濫觴，宋、齊以來，由於佛經轉讀之風日益興盛，為了冀求漢語之配合梵文，繼有反切之學的興起，四聲亦因而體認。這種風氣到了永明時更為昌盛，不僅周顒曾撰四聲切韻，沈約亦作有四聲譜，並倡「平頭、上尾、蜂腰、鶴膝、大韻、小韻、旁紐、正紐」八病之說。於是，詩歌除承襲元嘉以來講求對偶、用典等形式美之傳統外，更增添了音聲韻律之美，此不僅將南朝唯美文風推至頂點，也開啓了唐代近體詩之發展。

此節討論的對象以大、小謝的五言詩為主，因五言詩佔了二謝詩篇幅的絕大部分，且與後世律、絕的形成有密切關係，故以之為探討的基礎。

首先，探討二謝五言詩的用韻。以下依廣韻為基準〔註 37〕，列出二人五言詩韻腳〔註 38〕所屬之韻部，以見其異同：

謝靈運

平聲韻

單用一韻者：

支韻（上平聲五）

斯知馳離（酬從弟惠連・其二）

之韻（上平聲七）

緇詩絲茲颸辭時之期嶷其欺（初發石首城）

魂韻（上平聲二十三）

〔註 37〕《廣韻》是《切韻》系韻書集大成的著作，其韻目分類大致依陸法言《切韻》而更加精細，韻目的排列、四聲的相承則採自李舟《切韻》，且收字豐富，學者一向用之為研究中古音系的主要材料。（校正宋本廣韻、藝文印書館、民國 75 年）。

〔註 38〕所列二謝五言詩的韻腳以逯欽立先生輯校之《先秦漢魏晉南北朝詩》中所收之二謝五言詩為基礎，但僅有單一韻腳的殘詩及謝朓的七首聯句詩不在內。（木鐸出版社、民國 77 年）。

論奔蓀屯昏門存魂溫敦（入彭蠡湖口）

豪韻（下平聲六）

壕慆（送雷次宗）

陽韻（下平聲十）

央傷忘（離合）

尤韻（下平聲十八）

丘浮洲旒（緩歌行）

悠憂丘洲流道求（郡東山望溟海）

侵韻（下平聲二十一）

岑沈陰深林心衿琴（晚出西射堂）

音沈任林臨嶔陰禽吟心今（登池上樓）

尋深陰侵（讀書齋）

陰岑尋音（登臨海嶠初發疆中作與從弟惠連見羊何共和之・其四）

二韻通用者：

東韻鍾韻（上平聲一、上平聲三）
○　●

風東容峰（行田登海口盤嶼山）
○○●●

峰容同胸（酬從弟惠連・其一）
●●○●

支韻之韻（上平聲五、上平聲七）
○　●

欹期嵫（豫章行）
○●●

支韻佳韻（上平聲五、上平聲十三）
○　●

馳規歧池移垂斯崖知（遊南亭）
○○○○○○○●○

脂韻之韻（上平聲六、上平聲七）
○　●

遲期思時（酬從弟惠連・其四）
○●●●

脂韻微韻（上平聲六、上平聲八）
○　●

暉歸微霏依扉違推（石壁精舍還湖中作）
●●●●●●●○

灰韻咍韻（上平聲十五、上平聲十六）
○　●

頹哀催（歲暮）
○●○

眞韻臻韻（上平聲十七、上平聲十九）
○　●

辰津民臻仁新陳人茵塵珍（擬魏太子鄴中集・魏太子）
○○○●○○○○○○○

諄韻臻韻（上平聲十八、上平聲十九）
○　●

旬蓁（答謝惠連）
○●

元韻魂韻（上平聲二十二、上平聲二十三）
○　●

門捫繁敦墫翻諼猿暾奔存魂論（石門新營所住四面高山迴溪石
●●○●●○○○●●●●●

瀨茂林脩竹）

元韻仙韻（上平聲二十二、下平聲二）
○　●

泉軒璠暄（日出東南隅行）
●○○○

寒韻桓韻（上平聲二十五、上平聲二十六）
○　●

飡酸（苦寒行・又）
○●

先韻仙韻（下平聲一、下平聲二）
○　●

天綿然篇（泰山吟）
○●●●

旋延川鮮傳緣年（登江中孤嶼）
●●●●●●○

陽韻唐韻（下平聲十、下平聲十一）

○　●

方岡腸涼忘行芳傷妨將常揚章（廬陵王墓下作）
○●○○○●○○○○○○○

尤韻侯韻（下平聲十八、下平聲十九）
○　●

舟流遊樓留（登臨海嶠初發疆中作與從弟惠連見羊何共和之·其三）
○○○●○

肴韻豪韻（下平聲五、下平聲六）
○　●

遨苞陶勞（酬從弟惠連·其五）
●○●●

三韻通用者：

東韻冬韻鍾韻（上平聲一、上平聲二、上平聲三）
○　●　△

峰松瓏淙蹤容茸風重同通（於南山往北山經湖中瞻眺）
△△○●△△△○△○○

東韻鍾韻江韻（上平聲一、上平聲三、上平聲四）
○　●　△

同中風江墉窗峰功蹤同（田南樹園激流植援）
○○○△●△●○●○

脂韻之韻微韻（上平聲六、上平聲七、上平聲八）
○　●　△

畿歸闈逵詩徽飛歸飢譏（君子有所思行）
△△△○●△△△○△

之韻齊韻皆韻（上平聲七、上平聲十二、上平聲十四）
○　●　△

棲溪基迷蹊啼攜夷排梯（登石門最高頂）
●●○●●●●●△●

眞韻諄韻文韻（上平聲十七、上平聲十八、上平聲二十）
○　●　△

雲氛民分人塵綸屯民（述祖德·其一）
△△○△○○●●○

元韻山韻仙韻（上平聲二十二、上平聲二十八、下平聲二）
○　●　△

山延篇言（酬從弟惠連·其三）
●△△○

寒韻桓韻刪韻（上平聲二十五、上平聲二十六、上平聲二十七）
○　●　△

團安湍端顏桓闌歎觀歡（長歌行）
●○●●△●○○●●

彈歡顏蘭（彭城宮中直感歲暮）
○●△○

山韻先韻仙韻（上平聲二十八、下平聲一、下平聲二）
○　●　△

年山宣煙遷愆緣巔艱旋賢泉邅甄纏然穿延閑牽篇
○●△●△△△●○△●△△△△△△△△○●△

（還舊園作見顏范二中書）

山泉賢阡煙筌傳前湲然（入華子岡是麻源第三谷）
○△●●●△△●△△

蕭韻宵韻豪韻（下平聲三、下平聲四、下平聲六）
○　●　△

朝飆韶桃苗遼高朝謠（入東道路）
●●●△●○△●●

宵韻肴韻豪韻（下平聲四、下平聲五、下平聲六）
○　●　△

高超鑣椒潮皋桃昭苗巢謠（從遊京口北固應詔）
△○○○○△△○○●○

庚韻清韻青韻（下平聲十二、下平聲十四、下平聲十五）
○　●　△

情榮聲清生縈井榮形聽（悲哉行）
●○●●○●●○△△

城生榮成經鉶聲情明（命學士講書）
●○○●△△●●○

平京英城情生輕鳴聲并冥（擬魏太子鄴中集・劉楨）
○○○●●○●○●●△

四韻通用者：

眞韻諄韻文韻欣韻（上平聲十七、上平聲十八、上平聲二十、上
○　●　△　▲

平聲二十一）

軍雲群民勤塵濱振綸身旻津因身（北亭與吏民別）
△△△○▲○○○●○○○○○

元韻山韻先韻仙韻（上平聲二十二、上平聲二十八、下平聲一、
○　●　△　▲
下平聲二）

遷年堅便山沿綿漣巔旋言（過始寧墅）
▲△△▲●▲▲▲△▲○

寒韻山韻先韻仙韻（上平聲二十五、上平聲二十八、下平聲一、
○　●　△　▲
下平聲二）

圓漣山前天邅難宣年（發歸瀨三瀑布望兩溪）
▲▲●△△▲○▲△

蕭韻宵韻肴韻豪韻（下平聲三、下平聲四、下平聲五、下平聲六）
○　●　△　▲

郊高椒朝霄喬交條（石室山）
△▲●●●●△○

庚韻耕韻清韻青韻（下平聲十二、下平聲十三、下平聲
○　●　△　▲
十四、下平聲十五）

生情齡營汀并萌京誠（白石巖下徑行田）
○△▲△▲△●○△

榮生名耕并卿生荊平迎坰行明英停情（初去郡）
○○△●△○○○○○▲○○○▲△

仄聲韻

單用一韻者：

止韻（上聲六）

已始齒起俟軌裏理（石壁立招提精舍）

恥子（臨川被收）

語韻（上聲八）

處暑（初至都）

姥韻（上聲十）

浦戶莽睹鼓虎土苦（登石室飯僧）

獮韻（上聲二十八）

巘搴（入竦溪）

暮韻（去聲十一）

素露暮故度步惡慕顧訴路悟（永初三年七月十六日之郡初發都）

屋韻（入聲一）

目宿（初發入南城）

月韻（入聲十）

歇月發越伐髮（石門岩上宿）

鐸韻（入聲十九）

落壑涸（苦寒行）

德韻（入聲二十五）

慝北勒國賊則德刻黑默惑（擬魏太子鄴中集・陳琳）

二韻通用者：

旨韻止韻（上聲五、上聲六）
○　●

已始圮子理軌止裏梓美（述祖德・其二）
●●○●●○●●●○

起已士沚汜子耳始美（擬魏太子鄴中集・阮瑀）
●●●●●●●●○

語韻麌韻（上聲八、上聲九）
○　●

羽渚許旅所阻宇醑語沮敘（擬魏太子鄴中集・應瑒）
●○○○○○●○○○○

軫韻隱韻（上聲十六、上聲十九）
○　●

近畛忍隱（登臨海嶠初發疆中作與從弟惠連見羊何共和之・其一）
●○○●

軫韻寢韻（上聲十六、上聲四十七）
○　●

盡殞菌愍珉忍朕（臨終詩）
○○○○○○●

哿韻果韻（上聲三十三、上聲三十四）
○　●

舸墮（東陽溪中贈答・其二）
○●

馬韻薛韻（上聲三十五、入聲十七）
○　●

者絕說別哲（衡山）
○●●●●

養韻蕩韻（上聲三十六、上聲三十七）
○　●

蕩象壤獎往長盪朗賞兩廣響養（擬魏太子鄴中集・王粲）
●○○○○○●●○○●○○

至韻志韻（去聲六、去聲七）
○　●

吏嗣意思喜異駛芘志（遊嶺門山）
●●●●●●●○●

嘯韻笑韻（去聲三十四、去聲三十五）
○　●

眺峭曜嘯妙誚釣調（七里瀨）
○●●○●●○○

燭韻德韻（入聲三、入聲二十五）
○　●

足得（東陽溪中贈答・其一）
○●

質韻術韻（入聲五、入聲六）
○　●

室畢質密日悉吉匹一出（登永嘉綠嶂山）
○○○○○○○○○●

質韻櫛韻（入聲五、入聲七）
○　●

瑟密畢慄質室一日匹失（擬魏太子鄴中集・徐幹）
●○○○○○○○○○

月韻沒韻（入聲十、入聲十一）
○　●

歇沒髮發月越闕忽伐（遊赤石進帆海）
○●○○○○○●○

屑韻薛韻（入聲十六、入聲十七）
○　●

雪絜節哲缺悅列闋轍別劣（九日從宋公戲馬臺集送孔令）
●○○●●●●○●●●

輟缺穴閉轍雪（登廬山絕頂望諸嶠）
●●○○●●

薛韻錫韻（入聲十七、入聲二十三）
○　●

折壁（登孤山）
○●

藥韻鐸韻（入聲十八、入聲十九）
○　●

郭薄錯壑託弱諾落蠖（富春渚）
●●●●●○●●●

壑寞雀作謔閣樂託（齋中讀書）
●●○●○●●●

昔韻錫韻（入聲二十二、入聲二十三）
○　●

夕役滴（夜發石關亭）
○○●

三韻通用者：

產韻銑韻獮韻（上聲二十六、上聲二十七、上聲二十八）
○　●　△

顯泫峴緬轉淺卷眼展辨遣（從斤竹澗越嶺溪行）
●●●△△△△○△△△

篠韻小韻晧韻（上聲二十九、上聲三十、上聲三十二）
○　●　△

草抱保槁早老好鳥造燥寶繞曉了縞（相逢行）
△△△△△△△○△△△●○○△

至韻志韻霽韻（去聲六、去聲七、去聲十二）
○　●　△

至思意計駛媚熹（初往新安至桐廬口）
○●●△●○●

月韻屑韻薛韻（入聲十、入聲十六、入聲十七）
○　●　△

越發月歇闕別蔑（鄰里相送至方山）
○○○○○△●

黠韻屑韻薛韻（入聲十四、入聲十六、入聲十七）
○　●　△

雪潔節滅拔哲（折楊柳行）

△●●△○△

陌韻昔韻錫韻（入聲二十、入聲二十二、入聲二十三）
○　●　△

剔績益隙埸跡役（種桑）
△△●○●●●

葉韻帖韻洽韻（入聲二十九、入聲三十、入聲三十一）
○　●　△

接涉躡協狹疊葉燮愜（登上戍石鼓山）
○○○●△●○●●

四韻通用者：

篠韻小韻巧韻皓韻（上聲二十九、上聲三十、上聲三十一、
○　●　△　▲

上三十二）

沼草討道裊抱早藻昊飽老（擬魏太子鄴中集・平原侯植）
●▲▲▲○▲▲▲▲△▲

陌韻麥韻昔韻錫韻（入聲二十、入聲二十一、入聲二十二、
○　●　△　▲

入聲二十三）

迫客夕適慼隔摘析覿（南樓中望所遲客）
○○△△▲●●▲▲

夕隙脈覿軛（七夕詠牛女）
△○●▲●

五韻通用者：

屋韻燭韻覺韻鐸韻錫韻（入聲一、入聲三、入聲四、入
○　●　△　▲　*

聲十九、入聲二十三）

屋木曲屬鹿樂槭朴（過白岸亭）
○○●●○▲*△

平聲韻仄聲韻通押

三韻通用者：

寒韻桓韻換韻（上平聲二十五、上平聲二十六、去聲二十九）
○　●　△

歎端巒攢（登臨海嶠初發疆中作與從弟惠連見羊何共和之・其三）
○●●△

寒韻旱韻緩韻（上平聲二十五、上聲二十三、上聲二十四）
○　●　△

緩斷怨懣誕纂短竿暖散管（道路憶山中）
△△△△●△△○△●△

四韻通用者：

虞韻侵韻旨韻止韻（上平聲十、下平聲二十一、上聲五、上聲六）
○　●　△　▲

音吟敷氾理里杞似雉沚子紀止市梓已（會吟行）
●●○▲▲▲▲▲△▲▲▲▲▲▲▲

謝　脁

平聲韻

單用一韻者：

東韻（上平聲一）

隆宮（永明樂・其九）

風叢窮中（曲池之水）

融風中窮（奉和隨王殿下・其十五）

通紅風叢（詠薔薇）

鍾韻（上平聲三）

峰龍重縫（詠燈）

支韻（上平聲五）

枝池差漪知（泛水曲）

差離枝池（秋竹曲）

螭垂漪歧離（將遊湘水尋句溪）

岐漪移枝曦斯（奉和隨王殿下・其五）

萜離披知差（詠風）

奇枝垂窺離（詠竹）

移離枝池奇貲（詠牆北梔子）

枝危池垂（詠琴）

施儀移疲（詠烏皮隱几）

差蘺卮彌（詠席）

脂韻（上平聲六）

帷悲（銅雀悲）

墀眉悲姿私（詠邯鄲故才人嫁為廝養卒婦）

之韻（上平聲七）

期思旗滋基（元會曲）

期思之茲時詩（懷故人）

茲時菑辭颸持絲期碁嗤（在郡臥病呈沈尚書）

思期（春遊）

微韻（上平聲八）

徽衣（永明樂・其二）

暉歸（永明樂・其七）

晞飛闈依歸衣（酬王晉安德元）

歸非違依飛微衣菲徽闈扉（休沐重還丹陽道中）

機稀（同王主簿有所思）

魚韻（上平聲九）

餘疏居墟（遊東堂詠桐）

虞韻（上平聲十）

珠襦蹰隅（贈王主簿二首・其二）

齊韻（上平聲十二）

堤低梯齊萋（登山曲）

齊棲溪低啼淒蹊迷梯睽（遊敬亭山）

仙韻（下平聲二）

川船（永明樂・其六）

清韻（下平聲十四）

清瓊（永明樂・其四）

青韻（下平聲十五）

溟靈（永明樂・其一）

尤韻（下平聲十八）

遊流猶求憂（新亭渚別范零陵）

州流浮周疇（和徐都曹出新亭渚）

侵韻（下平聲二十一）

金心衿沈（夜聽妓・其二）

深林吟琴心音岑（郡內高齋閑望答呂法曹）

林音尋心今（和何議曹郊遊・其一）

陰琴音心（和王中丞聞琴）

深陰林音心（奉和隨王殿下・其一）

沈琴金陰（詠燭）

二韻同用者：

東韻鍾韻（上平聲一、上平聲三）
○　●

蓬鴻空重容沖從（移病還園示親屬）
○○○●●○●

蓬通茸紅同蔥（和沈祭酒行園）
○○●○○○

脂韻微韻（上平聲六、上平聲八）
○　●

菲歸威輝追（詠落梅）
●●●●○

虞韻模韻（上平聲十、上平聲十一）
○　●

珠雛塗軀（詠蒲）
○○●○

灰韻咍韻（上平聲十五、上平聲十六）
○　●

開來迴臺城（校獵曲）
●●○●●

來臺埃開哉鰓徊萊（觀朝雨）
●●●●●●○●

臺哀裁杯（離夜）
●●●○

來開臺枚（奉和隨王殿下・其十）
●●●○

隈來回臺杯（奉和隨王殿下・其四）

○●○●○

眞韻諄韻（上平聲十七、上平聲十八）
○　●

人輪陳因巾（送遠曲）
○●○○○

塵輪（永明樂・其八）
○●

淪晨陳人（奉和隨王殿下・其十三）
●○○○

元韻魂韻（上平聲二十二、上平聲二十三）
○　●

源翻昏煩言（從戎曲）
○○●○○

先韻仙韻（下平聲一、下平聲二）
○　●

泉埏旋虔年（郊祀曲）
●●●●○

圓然泉天煙遷邊鮮田（宣城郡內登望）
●●●○○●○●○

玄筵旋舷筌（奉和隨王殿下・其六）
○●●○●

歌韻戈韻（下平聲七、下平聲八）
○　●

阿河波歌和（出藩曲）
○○●○●

阿多波何（將發石頭上烽火樓）
○○●○

河多歌沱和波蘿跎荷阿過莎（和王長史臥病）
○○○○●●○○○○●●

陽韻唐韻（下平聲十、下平聲十一）
○　●

陽商皇（永明樂・其十）
○○●

央長蒼望章陽鄉梁霜翔（暫使下都夜發新林至京邑贈西府同僚）
○○●○○○○○○○

薌祥方堂皇裳梁觴鄉茫莊（賽敬亭山廟喜雨）
○○○●●○○○○●○

央腸堂茫梁相忘霜涼傷長航（秋夜講解）
○○●●○○○○○○○●

陽楊芳光長傷相商忘梁（奉和隨王殿下・其三）
○○○●○○○○○○

堂陽光芳（奉和隨王殿下・其十二）
●○●○

庚韻清韻（下平聲十二、下平聲十四）
○　●

生聲情輕（同謝諮議詠銅雀臺）
○●●●

京情鳴聲（送江兵曹檀主簿朱孝廉還上國）
○●○●

平生驚城營（和劉西曹望海臺）
○○○●●

情城鳴英聲情明纓（奉和隨王殿下・其二）
●●○○●●○●

傾明情聲（奉和隨王殿下・其十四）
●○●●

尤韻侯韻（下平聲十八、下平聲十九）
○　●

州樓溝輈收（入朝曲）
○●●○○

樓悠流舟留（和江丞北戍琅邪城）
●○○○○

三韻通用者：

皆韻灰韻咍韻（上平聲十四、上平聲十五、上平聲十六）
○　●　△

開來懷徊（奉和隨王殿下・其七）
△△○●

仄聲韻

單用一韻者：

止韻（上聲六）

理史子祀士齒恥里涘市裏趾始（始之宣城郡）

姥韻（上聲十）

圃户浦古（祀敬亭山廟）

薺韻（上聲十一）

陛醴體濟薺啓邸禮洒棨沘泥弟涕底（始出尚書省）

緩韻（上聲二十四）

滿管緩怨（夜聽妓・其一）

皓韻（上聲三十二）

道草（永明樂・其三）

寶道抱早草老（奉和竟陵王同沈右率過劉先生墓）

馬韻（上聲三十五）

捨下把馬者寡社（落日悵望）

者下瀉假夏（和何議曹郊遊・其二）

養韻（上聲三十六）

長象（永明樂・其五）

賞丈網壤（與江水曹至干濱戲）

遇韻（去聲十）

鶩樹屢趣遇霧（之宣城郡出新林浦向板橋）

霧樹趣屢（奉和隨王殿下・其十六）

暮韻（去聲十一）

步暮渡露（臨溪送別）

泰韻（去聲十四）

外籟會帶艾（答王世子）

帶外蓋旆（後齋迴望）

號韻（去聲三十七）

奥好暴冒　導號報勞蹈操（忝役湘州與宣城吏民別）

屋韻（入聲一）

木竹肅陸目馥軸菊（冬日晚郡事隙）

燠竹目屋（出下館）

澳服陸竹複目穀牧暴倏淑軸谷沐築（和王著作融八公山）

燭韻（入聲三）

曲足旭萊粟（治宅）
玉褥曲綠旭（詠竹火籠）
月韻（入聲十）
發歇（王孫遊）
闕月髮歇（詠鏡臺）
鐸韻（入聲十九）
樂閣漠落郭（遊東田）
職韻（入聲二十四）
翼極色憶（臨高臺）
息極（玉階怨）
翼直色極（望三湖）
極色翼職側（和宋記室省中）
色織食翼（贈王主簿・其一）
色測力識（和紀參軍服散得益）
織色測直（詠兔絲）
色翼（詠溪鵜）
側色極力翼（蒲生行）
緝韻（入聲二十六）
急立入濕及（秋夜）
隰邑襲戢入及揖立汲粒集（夏始和劉潺陵）
合韻（入聲二十七）
雜合沓颯（落日同何儀曹煦）
二韻通用者：
獮韻翰韻（上聲二十八、去聲二十八）
○　●
蹇辨緬轉澶淺梗蘚衍展踐搴免選善（遊山）
○○○○●○○○○○○○○○○
養韻蕩韻（上聲三十六、上聲三十七）
○　●
敞掌網上響仰蕩賞（直中書省）
○○○○○○●○

兩漭上廣賞蕩鞅（京路夜發）
○●○●○●○

梗韻靜韻（上聲三十八、上聲四十）
○　●

屏景嶺整影潁領頃頸（新治北窗和何從事）
●○●●○●●●●

御韻暮韻（去聲九、去聲十一）
○　●

暮渡路與楚（江上曲）
●●●○○

霽韻祭韻（去聲十二、去聲十三）
○　●

枻繼逝細（芳樹）
●○●○

翰韻換韻（去聲二十八、去聲二十九）
○　●

觀漢散亂彈（鈞天曲）
●○○●○

漢散翰翫觀亂半岸幹爛歎畔（和劉繪入琵琶峽望積布磯）
○○○●●●●○○○○●

霰韻線韻（去聲三十二、去聲三十三）
○　●

縣見練甸宴霰變（晚登三山還望京邑）
○○○○○○●

戰縣甸選練眄殿讌蒨薦變囀偏睠弁見絢衍（和伏武昌登孫權故城）
●○○●○○○○○○●●●●●○○●

宴扇燕變賤見（和王主簿季哲怨情）
○●●○●○

甸練宴衍見（別王丞僧孺）
○○○●○

嘯韻笑韻（去聲三十四、去聲三十五）
○　●

眺徼嶠照曜峭妙燎笑劭調釣詔嘯誚要叫（和蕭中庶直石頭）
○○●●●●●●●○○●○●●○

映韻勁韻（去聲四十三、去聲四十五）
○　●

慶政病性并正盛映淨命詠鄭（賦貧民田）
○●○●●●●○●○○●

質韻術韻（入聲五、入聲六）
○　●

日出筆膝一疾（高齋視事）
○●○○○○

質韻錫韻（入聲五、入聲二十三）
○　●

室日密曆（奉和隨王殿下・其九）
○○○●

陌韻昔韻（入聲二十、入聲二十二）
○　●

客夕（金谷聚）
○●

陌客白席（送江水曹還遠館）
○○○●

客陌積夕（和別沈右率諸君餞謝文學）
○○●●

夕客隙席藉柏（同羈夜集）
●○○●●○

昔韻職韻（入聲二十二、入聲二十四）
○　●

極色昔職側直翼飾力陟（答張齊興）
●●○●●●●●●●

三韻通用者：

御韻遇韻暮韻（去聲九、去聲十、去聲十一）
○　●　△

布樹豫賦（奉和隨王殿下・其八）
△●○●

質韻櫛韻末韻（入聲五、入聲七、入聲十三）
○　●　△

日一匹闊瑟室（春思）
○○○△●○

五韻通用者：

隊韻代韻月韻沒韻曷韻（去聲十八、去聲十九、入聲十、
○　●　△　▲　*

入聲十一、入聲十二）

闕髮月對蔑續沒越渴昧歇（冬緒羈懷示蕭諮議虞田曹劉江二常
△△△○●○▲△＊○△

侍）

由以上可知，靈運九十三首五言詩中，只有二十一首是一韻到底的，不及總數的四分之一；而有七十二首是有通韻或轉韻情況發生的。玄暉一百三十四首五言詩中，則有七十七首是一韻到底的，超過了總數的二分之一；有通、轉韻情況的只有五十七首。而靈運之詩，二韻通用者爲三十七首，三韻通用者二十四首，四韻通用者十首，五韻通用者一首；玄暉之詩則二韻通用者五十三首，三韻通用者三首，五韻通用者一首。故在有通、轉情形之下，玄暉詩多爲二韻通用，亦較靈運爲單純。究其原因，可能是永明時期對聲律的要求較爲嚴格，故詩歌之押韻亦較爲謹嚴。此外，靈運詩中平聲韻、仄聲韻通押的有三首，朓詩中則無此現象。

靈運所用之韻，以侵韻最多，共四首；其次爲庚韻、清韻、青韻三韻通押，共三首。玄暉所用之韻，以支韻最多，共十首；職韻次之，共九首；侵韻、陽韻又其次，各六首。

而靈運在一首詩中重複使用同一韻腳者，共有七首：〈君子有所思行〉重用「歸」字，〈悲哉行〉重用「榮」字，〈述祖德・其一〉重用「民」字，〈初去郡〉重用「生」字，〈北亭與吏民別〉重用「身」字，〈田南樹園激流植楥〉重用「同」字，〈入東道路〉重用「朝」字；玄暉重押一字者，只有一首，即〈奉和隋王殿下・其二〉重用「情」字，此亦是朓用韻較靈運爲謹嚴的證明。

至於沈約所倡之「八病」說，其中大韻、小韻、正紐、旁紐四病疑爲初唐以後出現〔註39〕，而其他四病（平頭、上尾、蜂腰、鶴膝）中與句末用字關係最爲密切者，首推上尾與鶴膝，空海《文鏡祕府論》云：

〔註39〕高木正一先生〈六朝律詩之形成（下）〉（大陸雜誌、十三卷、十期）

「上尾」：上尾詩者，五言詩中，第五字不得與第十字同聲，名爲上尾。詩曰：「西北有高樓，上與浮雲齊。」……

○　○

「鶴膝」：鶴膝詩者，五言詩第五字不得與第

「鶴膝」：鶴膝詩者，五言詩第五字不得與第十五字同聲。言兩頭細，中央粗，似鶴膝也，以其詩中央有病。詩曰：「撥掉金陵渚，遵流背城闕。浪蹙飛船影，山掛垂輪月。」……

○　○

其中「樓」與「齊」二字皆平聲，即犯上尾，「渚」與「影」皆上聲，則犯鶴膝。大謝詩中犯上尾之處不在少數，如〈酬從弟惠連・其四〉：

洲渚既淹時，風波子行遲。

○　○

務協華京想，距存空谷期。

●　○

猶復惠來章，祇足攪余思。

○　○

儻若果歸言，共陶暮春時。

○　○

此詩押上平聲四支韻，除了第二聯「想」字爲上聲，沒有犯上尾之外，其他第一、三、四聯之「時」、「章」、「言」皆平聲字，故皆犯上尾之病。而謝朓犯此病之處極少，且在一首詩之中，頂多只有一聯犯上尾，如：

宛洛佳遨遊，春色滿皇州。〔註40〕（遊、州皆平聲）

○　○

蕭瑟滿林聽，輕鳴響澗音。〔註41〕（聽、音皆平聲）

○　○

回潮瀆崩樹，輪囷軋傾岸。〔註42〕（樹、岸皆去聲）

●　●

據郭德根先生之統計，大謝詩犯此病之比率爲百分之二十一，而小謝僅爲百分之三〔註43〕，比例之懸殊可見。

〔註40〕謝朓〈和徐都曹出新亭渚〉

〔註41〕謝朓〈和王中丞聞琴〉。

〔註42〕謝朓〈和劉繪入琵琶峽望積布磯〉。

〔註43〕郭德根先生《謝玄暉詩研究》頁 152（台大中文所碩士論文、民國

次言鶴膝。上舉靈運〈酬從弟惠連〉詩中，「章」與「言」均爲平聲字，則犯鶴膝。朓詩中犯鶴膝者，如：

千里常思歸，登臺矑綺翼。
　　　　○
裁見孤鳥還，未辨連山極。（〈臨高臺〉）
　　　　○
幸遇昌化穆，淳俗罕驚暴。
　　　　●
四時從偃息，三省無侵冒。（〈忝役湘州與宣城吏民別〉）
　　　　●

「歸」與「還」同爲平聲字，「穆」與「息」同爲入聲字，則皆犯此病。而大、小謝詩犯此病之比例均極高，據高木正一先生之統計，大謝犯鶴膝之比率，每首平均是零點七，小謝亦高達零點五〔註44〕，可見此病極不易避免。

接著討論二謝詩歌句中之諧律問題。三平二仄或三仄二平是近體五言詩的基本格式，以此最有均衡的美感，然而，在靈運詩中，卻頗有五平或五仄的句式出現，如：

進德智所拙。（登池上樓）
｜｜｜｜｜
祁祁傷豳歌。（登池上樓）
－－－－－
豈屑末代誚。（七里瀨）
｜｜｜｜｜
清暉能娛人。（石壁精舍還湖中作）
－－－－－
出谷日尚早。（石壁精舍還湖中作）
｜｜｜｜｜
過澗既厲急。（從斤竹澗越嶺溪行）
｜｜｜｜｜

可是在謝朓的詩中幾乎沒有這樣的句式，唯一例外的只有：

日出眾鳥散，山暝孤猿吟。（〈郡內高齋閒望答呂法曹〉）
｜｜｜｜｜　－－－－－

73年）。

〔註44〕高木正一先生〈六朝律詩之形成（下）〉（大陸雜誌、十三卷、十期）。

這是玄暉刻意使用五平與五仄上下相對，以達到一種特殊效果的呈現，這樣的情況，在其詩中亦是絕無僅有的。

此外，一仄四平或一平四仄的句式亦常在靈運詩中出現，如〈長歌行〉一詩共二十句，便有八句是這樣的形式：

泫泫豈暫安。
｜｜｜｜－

覽物起悲緒。
｜｜｜－｜

朽貌改鮮色。
｜｜｜－｜

變改苟催促。
｜｜｜－｜

容色烏盤桓。
－｜－－－

靡靡壯志闌。
｜｜｜｜－

寸陰果有逝。
｜－｜｜｜

幸賒道念戚。
｜－｜｜｜

朓詩中亦有這樣的句式：

寧知鴻雁飛。(〈酬王晉安德元〉)
－－－｜－

悵望一途阻。(〈酬王晉安德元〉)
｜｜｜－｜

然而，在數目上遠較靈運爲少。故，小謝之詩較之大謝更爲符合近體五言詩三平二仄或三仄二平的基本結構。

中國詩大都以兩個字爲一節奏單位，因此，每二字之末字，即第二字與第四字，在講究聲律時，便顯得格外重要，這點雖不在八病之中，卻十分爲詩人所重視。劉善經曾說：「第二字與第四字同聲，亦不能善。此雖世無的目，而甚於蜂腰。」〔註45〕爲了使聲調和諧，五

〔註45〕空海《文鏡祕府論》頁185（河洛圖書出版社、民國65年）。

言詩的第二字與第四字平仄必須相異，即第二字用平聲，第四字須用仄聲；第二字用仄聲，則第四字須用平聲。靈運五言詩句合乎此點的比率高達百分之五十一，而謝朓更高達百分之七十二〔註 46〕。

由以上可知，小謝五言詩不論在用韻或協律上，都較大謝來得嚴謹，且更爲接近近體詩的格式。玄暉努力追求聲調和諧的痕跡處處可見，王士貞《藝苑卮言》所謂：「靈運語俳而氣古，玄暉調俳而氣今。」實爲中肯之評！

〔註 46〕郭德根先生《謝玄暉詩研究》頁 156（台大中文所碩士論文、民國 73 年）。

第六章　大小謝山水詩的比較

就山水詩的發展而言，兩謝實佔有極爲重要之地位。謝靈運可說是中國文學史上第一個大量從事山水詩創作的詩人，他以卓異的才華熱烈地歌詠自然山川之美，筆下的景物皆是親身經歷、親眼所見的實況，且已是詩人審美的中心客體，山水詩至此可謂正式成立。靈運之後，一般認爲其繼承者是謝朓，然而，朓雖深受靈運的影響，但開新之處亦多，有其獨特的風格。謝靈運式山水詩的眞正承繼者應是鮑照，其詩無論在章法結構或遣詞用句方面都憲章靈運〔註 1〕。謝朓的詩歌受靈運的影響很深，無論在內容或形式技巧方面都可明顯地看出，尤其是有些山水詩更刻意地模仿靈運的風格，如〈遊山〉、〈遊敬亭山〉等詩便是如此，而變化靈運詩之詞句入詩更俯拾皆是。然而另一方面，謝朓卻在靈運的影響下走出了另一條嶄新的道路，許多詩作皆具有個人獨特的風格，並給予唐代自然詩人極大的啓發。是以，從比較謝靈運式山水詩與謝朓本色山水詩的差異中，不難窺見山水詩在演進上的一些轉變痕跡。

本章旨在闡明兩謝山水詩創作的意義及特色，作爲兩謝詩歌創作中最重要的部份，兩謝山水詩雖同樣歌詠山水，然而其意義及特色皆有所不同，可說是大小謝生平世界的具體反映。以下即先說明

〔註 1〕見林師文月〈鮑照與謝靈運的山水詩〉，收於《山水與古典》中。（純文學出版社、民國 73 年）。

兩謝山水詩創作之意義，次則分就（一）詩題、結構與情感呈現、（二）山水景物的描寫以及（三）情景關係的探討，說明其詩歌在內容及形式上之特色。

第一節　大小謝山水詩創作的意義

謝靈運是第一個大量從事山水詩創作的詩人，謝朓則給予唐代自然詩人極大的啓發，所以山水詩可說是大小謝整體詩歌創作中最具代表性的部份。然而，雖同樣是山水詩，但對靈運與玄暉兩者而言，山水詩創作所代表的意義是大不相同的。同樣是面對著山水景物，大小謝創作的心態其實並不一樣，這一方面顯露了兩者對世族共同命運的深刻感受，另一方面也反映了兩者獨特的個性、作爲與經歷，以及因而對時勢命運作出的特殊反應。面對著山水，大小謝可說形塑出了各自山水的變奏，這種不同的意義，從兩謝山水詩創作的場合與目的或可略窺端倪。

康樂一生幾度徘徊在仕與隱之間，山水詩的創作，主要集中在如下幾個時期：首先，宋武帝永初三年（公元四二二年）七月，靈運因與盧陵王義眞、顏延之、慧琳等人過從甚密，遭當權派徐羨之等迫害，被貶離京，而去永嘉就職。在此短短的一年太守任內，由於心中多所不滿，於是整天遊山玩水，不理政事，並完成了許多描寫山水之勝的詩篇，例如：〈永初三年七月十六日之郡初發都〉、〈鄰里相送至方山〉、〈過始寧墅〉、〈富春渚〉、〈初往新安至桐廬口〉、〈七里瀨〉、〈夜發石關亭〉、〈登池上樓〉、〈晚出西射堂〉、〈登永嘉綠嶂山〉等二十餘首皆是此時之作，因而奠定了其在詩壇上的不朽地位。

其次，靈運於永嘉任內稱疾去職之後，曾回到會稽始寧，隱居了大約兩年多的時間，直至文帝元嘉三年（公元四二六年）方才再度出仕。在此段隱居期間，靈運胸懷「終焉之志」〔註2〕，曾不時與隱士

〔註 2〕宋書卷六十七謝靈運傳。

王弘之、孔淳之等，共爲山澤之遊，並寫就了不少摹山範水的詩作，如〈石壁精舍還湖中作〉、〈田南樹園激流植援〉、〈於南山往北山經湖中瞻眺〉、〈從斤竹澗越嶺溪行〉等，著名的〈山居賦〉亦是此時期重要的作品。再者，元嘉五年，靈運離開了短短兩年的秘書監閒職，返回故鄉始寧，再度過著隱居的生活。在此期間，其曾與族弟惠連、東海何長瑜、穎川荀雍、泰山羊璿之等不時以詩文賞會，共爲山澤之遊，時人謂之「四友」。並藉著父祖留下的雄厚產業和所擁有的數百個奴僮門生，成天「鑿山浚湖，功役無已」〔註3〕，甚至於出現了擾民的行徑。此時寫就之山水名篇有〈石門新營所住四面高山，回溪石瀨，修竹茂林〉、〈登石門最高頂〉、〈發歸瀨三瀑布望兩溪〉、〈石門岩上宿〉等。由於其擾民、囂張的行徑與會稽太守孟顗發生衝突，於是文帝啓用他爲臨川內史，前往臨川任職。但他「在郡遊放，不異永嘉」〔註4〕，故爲有司所糾，靈運因而興兵造反，被捕後徙付廣州。在此出守臨川與流放廣州期間，亦寫就了〈入彭蠡湖口〉、〈登廬山絕頂望諸嶠〉與〈入華子岡是麻源第三谷〉等詩篇。

由上述可知，靈運之山水詩不管是寫於離仕隱居之際，或是在永嘉和臨川太守任內，皆是不滿現實、藉山水以自我安慰的產物。山水詩因而成了靈運寄託抱負與申言隱逸情懷的重要領域。

事實上，靈運之縱情山水只是政治現實挫折下暫時性的不得不然，在仕途上飛黃騰達方是其心目中眞正的人生目標。因此，靈運之不理政事、乃至於以實際行動歸隱山林便增添了一種無言抗議的深刻意涵。面對著劉宋皇帝只派予閒差而不委以重任，靈運的內心其實是相當激憤的，於是從任永嘉任太守以降，屢出狂放之行，甚至做出諸如帶領數百人伐木開徑等出人意表之舉動。其隱居期間與高逸之士「尋山陟嶺，必造幽峻，嚴嶂千重，莫不備盡」〔註5〕的山水之遊也

〔註3〕同上註。
〔註4〕同上註。
〔註5〕同上註。

莫不隱涵了對現實不妥協的弦外之音。是以，靈運面對著山水景物慨然而發的詩歌吟唱，自然潛藏了一份懷才不遇、不肯屈從流俗的孤高情懷，特立不群的性情在此為詩歌本身增添了一種近乎悲劇的美感。靈運雖言玄理、雖倡歸隱，但終究遏止不了滿腔的不平靜，一直激盪迴旋在山水巉削危仄的意象之中，久久不能自已。山水，成了靈運投射自身理想、抗議現實的不平靜之地。

反觀謝朓，詩中雖屢出現歸隱之思，但他卻從未採取實際行動，而是終生投身於官場漩渦之中。其山水詩多作於為隨王鎮西功曹轉文學赴荊州時及宣城太守任內。荊州時期的山水詩作有：〈和劉西曹望海臺〉、〈和宋記室省中〉、〈暫使下都夜發新林至京邑贈西府同僚〉等，宣城太守任內之山水作品則有〈宣城郡內登望〉、〈落日悵望〉、〈後齋迴望〉與〈晚登三山還望京邑〉等，此時期可說是其山水詩創作最重要之階段，質量均豐。

玄暉這些千古傳唱的山水作品，大多是其宦遊他鄉時之作品，其中多懷鄉、畏禍之思。玄暉的一生數度遊宦，其早年之宦途雖曾一度有過風雅順遂之時日，然而，不旋踵即為讒言所謗，好景不常。其後便終生於宦海之中浮沈，而不能自拔。尤其目睹蕭齊王室骨肉相殘的血腥鬥爭，其心中往往產生了一種恐懼不安的情愫。因此，山水逍遙之遊雖亦其心目中所深深嚮往者，例如其在宣城太守任內，即多寄情山水，希慕肥遁的篇章，然而玄暉終究是個不敢跳出現實漩渦的食俸之士，柔弱畏縮、遇事不前的個性，使其縱有微詞，亦不敢暢然而發。面對著家族長期衰微的處境，玄暉儘管緬懷先祖功績之輝煌，卻已缺少了靈運般意氣昂揚的熱情，山水之遊雖亦有之，卻不是隱居生活中的一環，更少了康樂抗議世事的意涵，而是成為現實官場生活中，暫時遠離俗務，偶爾一抒出世之思的慰藉之舉。對於飽受驚嚇的玄暉來說，重振家族聲威恐怕早已成了可望而不可即的幻夢，剩下的更多是委曲求全，期盼能避過血光之災的考量，山水於焉成了旅途勞頓的暫時休息之所、或是登高遠眺時聊以慰藉之寄託。玄暉筆下的山水詩，不僅刻劃出了詩人面對著自然山川之際，敏感觸發的有情世界，同時也暗示了詩人心靈深層惴慄不安的幽暗意識。

第二節　詩題、結構與情感呈現

幽憤落寞的康樂，與瑟縮懦弱的玄暉，面對著一樣的山水卻有不同的情懷與心態，二謝這種山水詩創作的特殊性，可從其對詩題的斟酌、結構的安排、以及情感呈現的方式略窺端倪。

二謝山水詩就題目而言，則靈運較富新意和趣味，如〈石門新營所住四面高山迴溪石瀨茂林脩竹〉、〈田南樹園激流植援〉、〈於南山往北山經湖中瞻眺〉、〈入華子岡是麻源第三谷〉、〈從斤竹澗越嶺溪行〉等，皆富有散文之趣與古樸之味，可見其製題之用心；朓則只有〈之宣城郡出新林浦向板橋〉、〈暫使下都夜發新林至京邑贈西府同僚〉等可與之比擬，且朓周旋於官場之中，和答之作太多，使得詩題顯得懨懨而無生氣。無論如何，二謝此類用心製作之題目皆法密旨工，能夠籠蓋全篇，林嵩山先生便對此有詳細之分析〔註6〕。

〔註6〕林嵩山先生〈大小謝詩命題與謀篇之讜論〉（大漢學報〔四〕）中對此有舉例説明，玆各錄大、小謝詩例一首於後：

於南山往北山經湖中瞻眺　謝靈運

朝旦發陽崖，景落憩陰峰。舍舟眺迴渚，停策倚茂松。側逕既窈窕，環舟亦玲瓏。俛視喬木杪。仰聆大壑叢。石橫水分流，林密蹊絕蹤。解作竟何感，升長皆丰容。初篁苞綠籜，新蒲含紫茸。海鷗戲春岸，天雞弄和風。撫化心無厭，覽物眷彌重。不惜去人遠，但恨莫與同。孤遊非情歎，賞廢理誰通。

夫「朝旦發陽崖」者，南山是也。「景落憩陰峰」者，北山是也。「舍舟眺迴渚，停策倚茂松」者，經湖中也。「側逕既窈窕，環舟亦玲瓏」以下，皆瞻眺所見。而以俛視仰聆，極盡其態。「撫化心無厭」至「賞廢理誰通」，則寫其興感也。

暫使下都夜發新林至京邑贈西府同僚　謝朓

大江流日夜，客心悲未央。徒念關山近，終知返路長。秋河曙耿耿，寒渚夜蒼蒼。引領見京室，宮雉正相望。金波麗鳷鵲，玉繩低建章。驅車鼎門外，思見昭丘陽。馳暉不可接，一般說來，靈運的山水詩篇幅較長，朓則多短篇之製；靈運多尋幽探勝、遊覽賞玩之作，朓則頗多登高遠望之篇。長篇宜於鋪敘，故大謝詩近於賦體；短篇則重比興情思，故小謝詩富抒情性。而大謝之詩由於多描述遊賞之樂趣或艱辛，作者個人的形象、意識時時地突顯於山水美景之間，故其詩較具活潑的動感，以〈於南山經北山經湖中瞻眺〉首四聯爲例：

朝旦發陽崖，景落憩陰峰。舍舟眺迴渚，停策倚茂松。側逕既窈窕，環洲亦玲瓏。俛視喬木杪，仰聆大壑淙。

此八句中，不但景物的描寫依作者移動的方位次第呈現，就是時光的流逝亦以其朝發某處、夕憩某處表示。作者於詩中形象鮮明地做著各種動作，是詩中的靈魂，而且詩的每一個畫面皆因詩人所在位置的不同而不同。又如〈從遊京口北固應詔〉中的：

昔聞汾水遊，今見塵外鑣。鳴笳發春渚，稅鑾登山椒。張組眺倒景，列筵矚歸潮。

和〈石門新營所住四面高山迴溪石瀨茂林脩竹〉中的：

俯濯石下潭，仰看條上猿。早聞夕飆急，晚見朝日暾。

每個句子中皆有動詞，連續強調詩人所做的每一個動作，使得山水景物不再給人一種靜止的感覺，它隨著詩人的躍動而躍動，我們讀這樣的句子，便會感受到那快速的節奏感和動感。且詩人常描寫其在大自然間儘情玩賞的景況，形象鮮明、如在目前：

企石挹飛泉，攀林摘葉卷。（〈從斤竹澗越嶺溪行〉）

何況隔兩鄉。風雲有鳥路，江漢無限梁。常恐鷹隼擊，時菊委嚴霜。寄言罻羅者，寥廓已高翔。

詩中「大江流日夜，客心悲未央」，寫其暫使下都也。「徒念關山近，終知返路長。秋河曙耿耿，寒渚夜蒼蒼」，寫其夜發新林也。「引領見京室，宮雉正相望。金波麗鳷鵲，玉繩低建章」，寫其至京邑也。「驅車鼎門外，思見昭丘陽」以下，寄言西府同僚，述其在府被讒之事也。

瞑還雲際宿，弄此石上月。(〈石門岩上宿〉)

憩石挹飛泉，攀林搴落英。(〈初去郡〉)

小謝之詩與之相比，則較具靜態美，詩人常是自然美景的旁觀者，強調的是觀賞之樂，而非遊玩之趣，這由其詩題多登高望遠之製便可見，如〈郡內高齋閒望答呂法曹〉、〈晚登三山還望京邑〉、〈宣城郡內登望〉、〈和劉西曹望海臺〉、〈望三湖〉、〈後齋迴望〉等。就這些詩題而言，不管是「閒望」、「還望」、「登望」、還是「迴望」，皆是一種旁觀而不涉入的心態，不僅暗喻了其對隱逸生活可望而不可即的景況，同時也間接印證了其面對世事時畏縮逃避、懦弱不前的觀望態度。

其次就山水詩的結構方面而言，則康樂之詩大抵以「記遊──寫景──興情──悟理」〔註 7〕爲基本結構，如〈登永嘉綠嶂山〉：

詩句	結構
裹糧杖輕策，懷遲上幽室。 行源逕轉遠，距陸情未畢。 澹潋結寒姿，團欒潤霜質。 澗委水屢迷，林迥巖逾密。 眷西謂初月，顧東疑落日。 踐夕奄昏曙，蔽翳皆周悉。	記遊、寫景
蠱上貴不事，履二美貞吉。 幽人常坦步，高尚邈難匹。 頤阿竟何端，寂寂寄抱一。 恬知既已交，繕性自此出。	興情、悟理

其他如〈富春渚〉、〈七里瀨〉、〈晚出西射堂〉、〈登江中孤嶼〉、〈登石門最高頂〉等，皆是這種結構。

有些詩則是以名理、寫景或敘事發端，再緊接以此種結構的，舉例如下：

〔註 7〕林師文月〈中國山水詩的特質〉，收於《山水與古典》中。(純文學出版社、民國 73 年)。

從遊京口北固應詔

詩句	分析
玉璽戒誠信，黃屋亦崇高。	名理
事爲名教用，道以神理超。	
者聞汾水遊，今見塵外鑣。	記遊、寫景
鳴笳發春渚，稅鑾登山椒。	
張組眺倒景，列筵矚歸潮。	
遠巖映蘭薄，白日麗江皋。	
原隰荑綠柳，墟囿散紅桃。	
皇心美陽澤，萬象咸光昭。	興情、悟理
顧己枉維繫，撫志慚場苗。	
工拙各所宜，終以反林巢。	
曾是縈舊想，覽物奏長謠。	

從斤竹澗越嶺溪行

詩句	分析
猿鳴誠知曙，谷幽光未顯。	寫景
巖下雲方合，花上露猶泫。	
逶迤傍隈隩，迢遞陟陘峴。	記遊、寫景
過澗既厲急，登棧亦陵緬。	
川渚屢徑復，乘流翫迴轉。	
蘋萍泛沈深，菰蒲冒清淺。	
企石挹飛泉，攀林摘葉卷。	
想見山阿人，薜蘿若在眼。	興情、悟理
握蘭勤徒結，折麻心莫展。	
情用賞爲美，事昧竟誰辨。	
觀此遺物慮，一悟得所遣。	

遊嶺門山

詩句	結構
西京誰修政，龔汲稱良吏。	敘事
君子豈定所，清塵慮不嗣。	
早蒞建德鄉，民懷虞芮意。	
海岸常寥寥，空館盈清思。	
協以上冬月，晨遊肆所喜。	記遊、寫景
千圻邈不同，萬嶺狀皆異。	
威摧三山峭，瀄汩兩江駛。	
漁舟豈安流，樵拾謝西芘。	興情、悟理
人生誰云樂，貴不屈所志。	

其他如〈過始寧墅〉、〈遊南亭〉、〈登上戍石鼓山〉等則與此結構相似。

玄暉山水詩的結構則以二種模式爲常見。第一種以其登高遠望的詩篇爲主，結構爲「遠望──寫景──抒情」，以〈郡內高齋閒望答呂法曹〉爲例：

詩句	結構
結構何迢遰，曠望極高深。	遠望
窗中列遠岫，庭際俯喬林。	寫景
日出眾鳥散，山暝孤猿吟。	
已有池上酌，復此風中琴。	抒情
非君美無度，孰爲勞寸心。	
惠而能好我，問以瑤華音。	
若遺金門步，見就玉山岑。	

其餘如〈晚登三山還望京邑〉、〈宣城郡內登望〉、〈新治北窗和何從事〉、〈將發石頭上烽火樓〉、〈後齋迴望〉等，皆是此種結構。

第二種結構爲「寫景──抒情」，如〈春思〉：

<table>
<tr><td>茹谿發春水，阯山起朝日。
蘭色望已同，萍際轉如一。
巢燕聲上下，黃鳥弄儔匹。</td><td>寫景</td></tr>
<tr><td>邊郊阻遊衍，故人盈契闊。
夢寐借假簧，思歸賴倚瑟。
幽念漸鬱陶，山楹永爲室。</td><td>抒情</td></tr>
</table>

其餘如〈之宣城郡出新林浦向板橋〉、〈和劉西曹望海臺〉、〈和江丞北戍琅邪城〉、〈和沈祭酒行園〉等，皆是此種結構。

雖然二人之詩皆有部分不在上述的結構之中，但靈運的比例較小，玄暉則大得多。這些結構自由、興寄無端的詩，使玄暉之詩在形式上顯得較爲活潑而不板拙。如〈暫使下都夜發新林至京邑贈西府同僚〉最可見玄暉詩法之變幻莫測：

> 大江流日夜，客心悲未央。徒念關山近，終知返路長。秋河曙耿耿，寒渚夜蒼蒼。引領見京室，宮雉正相望。金波麗鳷鵲，玉繩低建章。驅車鼎門外，思見昭丘陽。馳暉不可接，何況隔兩鄉。風雲有鳥路，江漢限無梁。常恐鷹集擊，時菊委嚴霜。寄言罻羅者，寥廓已高翔。

此詩以景語起，卻立即以情語截住。大江之奔流不斷與客心之悲愁不盡是正比，而實際上的「關山近」與心理上的「返路長」是反比，這種情景相生、正反勾合的章法，可謂巧妙已極，舊稱朓詩工於發端，良有以也。其次寫己身所見之夜景──耿耿秋河、蒼蒼寒渚。而偶一引領即可見京邑裡的宮闕在星光月色中閃閃生輝。雖然京城已近，但是詩人卻一心懸念著荊州，而以想像虛擬之法表達兩地相隔、難以回返的感慨。這亦是一景一情、虛實相映的筆法，而「風雲有鳥路、江漢限無梁」又和「徒念關山近、終知返路長」遙相應和，更可見其結構之工。末以鷹鳥菊霜爲喻，明己憂讒畏譏之情，警策生動。全詩景中有情，情中有景，虛實正反，互相浹洽，章法之妙，難以盡說，方

伯海便云：「滅盡結構痕跡，仍復截截周到，諸謝中當推此君為第一。」〔註 8〕

最後，所要探討的是二謝山水詩中情感的表現。靈運詩乍看之下，予人的感覺是「典正可采，酷不入情」〔註 9〕的，這是因為他常以冷靜客觀的筆調描寫山水景物，由其筆下描寫的山水，我們很難看出他內心的情感。加以其詩又多以老、莊玄理作結，似乎真的達成了「理來情無存」〔註 10〕的境界。然而細味其詩，又會感到一股幽憤落寞之情噴薄而出，無論是山水還是玄理都無法將之掩蓋。因為靈運在本質上是一個情感強烈之人，然而在理智上他對情感卻是持否定態度的，他於〈辨宗論〉裡便稱情為情累，這亦是佛教的基本觀點。於是他的熱情便在山水和名理之間尋求抒發與轉化。身處於有志難伸的情境，面對著世族衰微之命運，靈運不僅離仕隱居以示對現實的無言抗議，並且縱情地遊賞於名山勝水之間，想藉陶醉於大自然的美景當中，來忘掉一切憤懣愁苦；他也潛心於鑽研老、莊、佛理，想藉此而將感情昇華，進入一個虛妙的理念境界。這樣的情況，反映於詩中，筆下的山水景物呈現的便多是純粹的美感經驗，而缺少作者個人的情緒在內，莊老名理也成了詩人所津津樂於歌頌的對象。而他那難以掩抑、積鬱迷悶的情感出現於山水、名理之間便成了一種不諧和的矛盾狀態，正是在這種矛盾之中，才愈益顯出其情感的苦澀。靈運山水詩情感的呈現方式常是「隱（山水）——顯——隱（名理）」，就是在這種刻意隱藏之下所流露出的情懷，反更令人覺其饒有餘味。我們可以說靈運是以一種較為低調的方式來表現他的情感的。

與靈運相比，玄暉對情感的表現便是一種積極的方式了。雖然他也常以客觀的方式描寫山水景物，但在另一方面，他又努力地將景物

〔註 8〕曹融南《謝宣城集校注》之〈暫使下都夜發新林至京邑贈西府同僚〉詩集說中引方伯海語。（上海古籍出版社、西元 1991 年）。

〔註 9〕梁蕭子顯《南齊書文學傳論》。

〔註 10〕謝靈運〈石門新營所住四面高山迴溪石瀨茂林脩竹〉。

與情感聯繫起來，試看這樣的句子：

誰知京洛念，彷彿昆山側。向夕登城濠，潛池隱復直。地迥聞遙蟬，天長望歸翼。(〈答張齊興〉)

寄語持筐簀，舒憂願自假。歸途豈難涉，翻同江上夏。(〈和何議曹郊遊二首、其二〉)

翻潮尚知恨，客思眇難裁。山川不可盡，況乃故人杯。(〈離夜〉)

便在景物上注入了自己濃郁的情感。相較於靈運慣以老、莊玄理來超脫情感，玄暉卻往往順任情感而作情緒化的發洩，因此在詩中我們見到的常是一個喜歡流淚的玄暉：

試與征徒望，鄉淚盡沾衣。賴此盈樽酌，含景望芳菲。(〈休沐重還丹陽道中〉)

佳期悵何許，淚下如流霰。有情知望鄉，誰能鬒不變。(〈晚登三山還望京邑〉)

葳蕤向春秀，芸黃共秋色。薄暮傷哉人，嬋媛復何極。(〈望三湖〉)

荒城迥易陰，秋溪廣難渡。沫泣豈徒然，君子行多露。(〈臨溪送別〉)

雖然玄暉之詩充滿了感情，但總覺得不及靈運深刻，缺少那種迷悶苦深、幽憤落拓之氣。其詩雖然技巧更爲圓熟，卻總被詩評家認爲在靈運之下，這應是一個重要的原因。

第三節　山水景物的描寫

二謝山水詩除了在詩題、結構、以及情感表現方面有其特色外，對於景物的描寫，亦是詩歌獨特風貌得以形成的重要因素。大謝筆下雄奇險峭、山重水疊的風景對比著小謝詩中蕭疏曠遠或綺麗柔媚的山水，呈現的不僅是兩者在景物描寫上風格的差異，更是兩者在深層心理與性格上的寫照。

詩人對山水景物的描寫，遠景與近景的處理常是不可或缺的。二謝山水詩中對遠景與近景的安排皆十分用心，常常是二者交互出現，相映成趣。在遠景的刻劃方面，小謝特別擅長描繪那種天際雲端、惝怳迷濛的美感：

遠樹曖阡阡，生煙紛漠漠。(〈遊東田〉)

天際識歸舟，雲中辨江樹。(〈之宣城郡出新林浦向板橋〉)

雲端楚山見，林表吳岫微。(〈休沐重還丹陽道中〉)

寒城一以眺，平楚正蒼然。……威紆距遙甸，巉嵒帶遠天。(〈宣城郡內登望〉)

滄波不可望，望極與天平。往往孤山映，處處春雲生。(〈和劉西曹望海臺〉)

遠樹、遠山、遠天在煙雲繚繞之中，彷彿籠上一層輕紗，若有似無。這種縹緲淡遠，饒富韻致的詩句，在大謝詩中是很不容易找到的，大謝即使寫遠景，亦是濃重鮮明的：

遠巖映蘭薄，白日麗江皋。(〈從遊京口北固應詔〉)

步出西城門，遙望城西岑。連鄣疊巘崿，青翠杳深沈。(〈晚出西射堂〉)

日末澗增波，雲生嶺逾疊。(〈登上戍石鼓山〉)

而像「林壑斂暝色、雲霞收夕霏。」(〈石壁精舍還湖中作〉) 這種較具朦朧美的句子，在其詩中已是相當罕見。

唐代自然詩人多祖述玄暉，因而詩中也常出現此種虛靈寫意的筆法，富有悠遠淡雅的情味，以王維之詩句為例：

渺渺孤煙起，芊芊遠樹齊。(〈青龍寺曇壁上人兄院集〉)

白雲迴望合，青靄入看無。(〈終南山〉)

江流天地外，山色有無中。(〈漢江臨眺〉)

其中「渺渺孤煙起，芊芊遠樹齊。」乃化用玄暉「遠樹曖阡阡，生煙紛漠漠。」而來，規襲之跡明顯。而「青靄入看無」、「山色有無中」更巧妙地傳達了這種若有似無的感覺。

在近景方面，則玄暉對細小景物的描繪有特別的愛好與獨到之處，彷彿一個個清晰生動的特寫鏡頭：

寒草分花映，戲鮪乘空移。(〈將遊湘水尋句溪〉)
魚戲新荷動，鳥散餘花落。(〈遊東田〉)
風碎池中荷，霜翦江南菉。(〈治宅〉)
規荷承日泫，影鱗與風泳。(〈奉和隨王殿下、其十一〉)

其刻劃細膩的程度令人歎爲觀止，尤其是那種微細動作的傳神描寫，如「分花映」、「乘空移」，非玄暉不能道，而靈運對近景的描繪雖亦極爲精彩，但卻不及玄暉細緻：

白芷競新苕，綠萍齊初葉。(〈登上戍石鼓山〉)
芰荷迭映蔚，蒲稗相因依。(〈石壁精舍還湖中作〉)
花上露猶泫。(〈從斤竹澗越嶺溪行〉)
近澗涓密石。(〈過白岸亭〉)

以「規荷承日泫」、和「花上露猶泫」二句詩相比，則可明顯看出玄暉在練字和意象的經營上都更趨於精工，具有詠物詩的格調，永明「襞積細微」的特色表露無遺。「規荷承日泫」句中，無一字爲虛字，作者極盡其能地欲在此五字中呈現出最豐富的意象，和「花上露猶泫」那種雕琢中仍流露出少許自然之感的詩句不同。

閱讀玄暉之詩，可以發現「陰」、「影」、「曖」等字特多，給人一種幽暗朦朧的感覺，玄暉喜歡使用這些光線微弱不明的字眼，是其詩的一大特色：

曖曖江村見，離離海樹出。(〈高齋視事〉)
竹樹澄遠陰，雲霞成異色。(〈和宋記室省中〉)
池北樹如浮，竹外山猶影。(〈新治北窗和何從事〉)
閒階塗廣露，涼宇澄月陰。嬋娟影池竹，疏蕪散風林。
(〈奉和隨王殿下、其一〉)
時惟清夏始，雲景曖含芳。月陰洞野色，日華麗池光。
(〈奉和隨王殿下、其三〉)

涼風吹月露，圓景動清陰。(〈和王中丞聞琴〉)

日隱輕霞暮，荒城迥易陰。(〈臨溪送別〉)

靈運詩裏則無此種現象，稍常出現的字只有「陰」而已：

曉霜楓葉丹，夕曛嵐氣陰。(〈晚出西射堂〉)

水宿淹晨暮，陰霞屢興沒。(〈遊赤石進帆海〉)

朝旦發陽崖，景落憩陰峰。(〈於南山往北山經湖中瞻眺〉)

而像「白花皜陽林，紫虈曄春流。」(〈郡東山望溟海〉)「野曠沙岸淨，天高秋明月。」(〈初去郡〉) 這種極端明亮開闊的景象，在小謝詩中似乎頗難見到。

此外，光線在玄暉的意念裏，總是和水連在一起，有一種流動滉漾、變幻不定的感覺：

泱泱日照溪，團團雲去嶺。(〈新治北窗和何從事〉)

日華川上動，風光草際浮。(〈和徐都曹出新亭渚〉)

月陰洞野色，日華麗池光。(〈奉和隨王殿下、其三〉)

花樹雜爲錦，月池皎如練。(〈別王丞僧孺〉)

風草不留霜，冰池共如月。(〈冬緒羈懷示蕭諮議虞田曹劉江二常侍〉)

大謝詩裏亦偶有這種情況，但頻率不高：

夕慮曉月流，朝忌曛日馳。(〈酬從弟惠連〉)

且申獨往意，乘月弄潺溪。(〈入華子岡是麻源第三谷〉)

且第一例中的「流」與「馳」字面上雖皆有流動之意，但側重在消失之謂；第二例中的月夜只是作爲背景，光線與水的結合仍不如玄暉詩密切。

玄暉詩的另一個特色是喜用絲織品的字以爲形容或比喻，如「綺」、「錦」、「練」等，特別是「綺」字，其情有獨鍾，山水詩亦不例外：

千里常思歸，登臺瞻綺翼。（〈臨高臺〉）

花樹雜爲錦，月池皎如練。（〈別王丞僧孺〉）

餘霞散成綺，澄江淨如練。（〈晚登三山還望京邑〉）

玲瓏結綺錢，深沈映朱網。（〈直中書省〉）

霜畦紛綺錯，秋町鬱蒙茸。（〈和沈祭酒行園〉）

絲織品具有柔細滑膩的質感和特殊的光澤，且有不同的花紋和顏色，給人一種優美柔和的聯想，靈運的詩則沒有這種現象。

此外，小謝習慣於詩中經營一種繽紛錯落的美感，因此「紛」、「雜」、「亂」、「參差」等字眼屢見：

風盪飄鶯亂，雲行芳樹低。（〈登山曲〉）

朱臺鬱相望，青槐紛馳道。（〈永明樂、其三〉）

綠草蔓如絲，雜樹紅英發。（〈王孫遊〉）

白日麗飛甍，參差皆可見。……喧鳥覆春洲，雜英滿芳甸。（〈晚登三山還望京色〉）

渺渺青煙移，嚴城亂芸草。（〈奉和隨王殿下、其五〉）

大謝則甚少使用這些字眼，詩歌整體的意象較爲明淨純粹。

再則大謝描寫景物，皆是直接形容其樣貌音聲，而小謝除了直接的摹寫之外，又善用比喻，這種技巧在靈運的寫景詩句中是沒有的：

池北樹如浮，竹外山猶影。（〈新治北窗和何從事〉）

夏木轉成帷，秋荷漸如蓋。（〈後齋迴望〉）

花枝聚如雪，蕪絲散猶網。（〈與江水曹至干濱戲〉）

九逵密如繡，何異遠別離。(〈阻雪聯句〉)
○○○

玄暉之巧用比喻，不但使其詩歌的意象更爲豐富，也增添了一種想像之美，和靈運完全寫實的手法相比，具有相當不同的格調趣味，這在山水詩的演進過程中，是一個值得注意的現象。

一般說來，靈運筆下的山水多是險阻紆迴的，他刻意經營一種山重水疊，雄奇險峭的氣氛：

山行窮登頓，水涉盡迴沿。巖峭嶺稠疊，洲縈渚連綿。(〈過始寧墅〉)

溯流觸驚急，臨圻阻參錯。亮乏伯昏分，險過呂梁壑。(〈富春渚〉)

苺苺蘭渚急，藐藐苔嶺高。石室冠林陬，飛泉發山椒。(〈石室山〉)

疏峰抗高館，對嶺臨迴溪。長林羅户穴，積石擁階基。連巖覺路塞，密竹使徑迷。來人忘新術，去子惑故蹊。(〈登石門最高頂〉)

逶迤傍隈隩，迢遞陟陘峴。過澗既厲急，登棧亦陵緬。川渚屢徑復，乘疏翫迴轉。(〈從斤竹澗越嶺溪行〉)

雖然詩中有時亦會夾雜像「白雲抱幽石，綠篠媚清漣。」(〈過始寧墅〉)「雲日相輝映，空水共澄鮮。」(〈登江中孤嶼〉)之類柔美的句子，但全詩的基調亦是雄偉奇險的，屬於壯美一類的風格。尤其像「洲島驟迴合，圻岸屢崩奔。」(〈入彭蠡湖口〉)「積石竦兩溪，飛泉倒三山。」(〈發歸瀨三瀑布望兩溪〉)這種詩句，更可見其氣勢不凡。

而玄暉筆下的山水則非以雄奇險異爲主，大部分是蕭疏曠遠或綺麗柔媚的，以下各舉一例以爲代表：

寒城一以眺，平楚正蒼然。山積陵陽阻，溪流春穀泉。威紆距遙甸，巉嵒帶遠天。切切陰風暮，桑柘起寒煙。(〈宣城郡內登望〉)

白日麗飛甍，參差皆可見。餘霞散成綺，澄江靜如練。喧鳥覆春洲，雜英滿芳甸。(〈晚登三山還望京邑〉)

此二種風格皆是柔和的，屬於優美之境。洪亮吉《北江詩話》云：「詩人所遊覽之地，與詩境相肖者，惟大、小謝。溫、台諸山雄奇深厚，大謝詩境似之。宣歙諸山清遠綿渺，小謝詩境似之。」所評甚允。然而，二謝詩風格的差異，除了與所遊覽之地有關以外，與二人的性情也有關。因為詩人獨特觀察事物的角度和審美意識，與個人的性情有密切的關連。大謝那種好冒險、不服輸的個性與筆下崢嶸峭岐的山水相映成趣，他常以攀登遊覽奇險之境為樂，更是這種性格的明顯反映：

> 憩石挹飛泉，攀林搴落英。（〈初去郡〉）
>
> 浮舟千仞壑，總轡萬尋巔。流沫不足險，石林豈為艱。……
>
> 託身青雲上，棲巖挹飛泉。（〈還舊園作見顏范二中書〉）
>
> 攀崖照石鏡，牽葉入松門。（〈入彭蠡湖口〉）

而小謝那種優柔易感的性格，則使山川著上一層柔美的外衣，他對景物的描繪形容，在在都顯露出自己特殊的美感觀照。

總之，二謝筆下的山水景物，基本上具有相當不同風格。靈運的是濃墨重彩、線條分明的油畫，雄偉險峭的山水，呈現的是對命運不服輸的寫照；玄暉則時而是寫意的水彩畫，時而是精巧的工筆畫，蕭疏曠遠或綺麗柔媚的景色皆呈現了小謝纖細柔弱的性格。此外，小謝在描寫的技巧方面，比大謝更加講究，尤其是善用比喻以增加詩意，更是靈運在寫景部分所沒有的技巧。

第四節　情景關係的探討

謝榛《四溟詩話》云：「景乃詩之媒，情乃詩之胚，合而為詩。」情、景乃構成詩歌最重要的兩個因素，而情景交融更是中國古典詩歌的審美理想。在山水詩中，景物的描寫佔有重要的地位，然而，它和作者所傳達的情思間關連為何，卻具有營造詩歌獨特風格的作用。本章第二節在論及詩題、結構與情感呈現時，曾對詩人與景物間之關連作一粗略的探討，在此，有必要再就情景關係之角度作一更為深入之探究。值得注意的是，藉由探討二謝詩中情、景關係的構成，我們可以看出山水詩向以景達情、情景交融之境界演化的過程。

在大謝的山水詩中，自然景物的刻劃形容並不做爲表現情志的媒材，而只是引發情志的橋樑，以〈從斤竹澗越嶺溪行〉爲例：

> 猿鳴誠知曙，谷幽光未顯。巖下雲方合，花上露猶泫。逶迤傍隈隩，迢遞陟陘峴。過澗既厲急，登棧亦陵緬。川渚屢徑復，乘流翫迴轉。蘋萍泛沈深，菰蒲冒清淺。企石挹飛泉，攀林摘葉卷。想見山阿人，薜蘿若在眼。握蘭勤徒結，折麻心莫展。情用賞爲美，事昧竟誰辨。觀此遺物慮，一悟得所遣。

全詩共十一聯，前七聯寫景，後四聯抒發情意，寫景部分除了詩人的美感經驗外，別無所指，八、九聯則忽然興起一份懷人之情，最後以觀此美景可遺去物慮，而達到心無掛礙之境作結。值得注意的是，此詩明顯地分成了兩個世界，一個是自然景物的世界，另一是典故象徵的世界。這也反映了詩人創作時的一些基本心態，自然景物只是作爲觀賞的對象，它與作者的生活、情感之間仍保持著一定的距離。不然，作者不會在描寫眼前之景後，突然用楚辭的典故來營造一個虛幻的境況以抒情 ——「想見山阿人，薜蘿若在眼。」（出自〈九歌、山鬼〉：「若有人兮山之阿，被薜荔兮帶女蘿。」）「握蘭勤徒結，折麻心莫展。」（出自〈離騷〉：「結幽蘭而延佇。」〈九歌、大司命〉：「折疏麻兮瑤華，將以遺兮離居。」）作者將自己的憂苦思念之情巧妙地藉著形象鮮明的典故表現出來，而非藉著眞實的自然景物。而末了詩人更直接說出自己所悟之理，而不藉助任何景物意象。詩中自然景物與作者所欲傳達的情、理之間雖非毫無關係，但是關係並不十分密切，它固然觸發了詩人的情意，但詩人的情意卻不藉之表現，所以，情、景在詩中的關係並非密合無間的。再以〈登永嘉綠嶂山〉爲例，亦可說明這種情況：

> 裹糧杖輕策，懷遲上幽室。行源逕轉遠，距陸情未畢。澹潋結寒姿，團欒潤霜質。澗委水屢迷，林迥巖逾密。眷西謂初月，顧東疑落日。踐夕奄昏曙，蔽翳皆周悉。蠱上貴

> 不事，履二美貞吉。幽人常坦步，高尚邈難匹。頤阿竟何端，寂寂寄抱一。恬如（當作知）〔註11〕既已交，繕性自此出。

此詩寫景部分純粹是客觀地描繪登臨時眼見之境，並不含作者所欲表達的情志在內，且作者在抒發情志時，立即停止對自然景物的形容，而代之以典故象徵或直接的說理，情、景間的關係和〈從斤竹澗越嶺溪行〉是完全相同的。

這樣的一種表現方式，景物對情意最密切的關係便表現在烘托和反襯上。烘托是景物的色調和作者的心境相吻合，呈現出一種和諧的美感，以〈石壁精舍還湖中作〉爲例，說明如下：

> 昏旦變氣候，山水含清暉。清暉能娛人，游子憺忘歸。出谷日尚早，入舟陽已微。林壑斂暝色，雲霞收夕霏。芰荷迭映蔚，蒲稗相因依。披拂趨南逕，愉悅偃東扉。慮澹物自輕，意愜理無違。寄言攝生客，試用此道推。（〈石壁精舍還湖中作〉）

此詩首先指出早晚氣候的變化，使山水呈現清新明麗的情態，因而遊人陶醉在這美景當中而忘返。然後寫時光飛逝，不知不覺中已從日出到了日暮，這是全詩的序曲。接著便是景物的描繪，先寫遠景──暮色蒼茫，殘霞晚照；次寫近景──芰荷蒲稗在晚風中輕輕搖曳，整個畫面呈現出一種柔和幽渺的氛圍。詩人在這樣的美景中，心情亦變得悠閒愉悅，因而悟出除去物慮，便能逍遙自適的道理。全詩情、景間的關係是和諧統一的，情因景的烘托而變得更有滋味。

反襯則是景物和作者的心境有著相反的基調，兩相對比，造成一種衝突的張力，因而更增詩意，即王夫之所謂：「以樂景寫哀，以哀景寫樂，一倍增其哀樂。」〔註12〕如〈遊南亭〉便是如此：

> 時竟夕澄霽，雲歸日西馳。密林含餘清，遠峰隱半規。久痗昏墊苦，旅館眺郊歧。澤蘭漸被徑，芙蓉始發池。未厭

〔註11〕顧紹柏先生《謝靈運集校注》中〈登永嘉綠嶂山〉。
〔註12〕王夫之《薑齋詩話》卷上。

> 青春好，已覩朱明移。慼慼感物歎，星星白髮垂。藥餌情所止，衰疾忽在斯。逝將候秋水，息景偃舊崖。我志誰與亮，賞心惟良知。

作者起初呈現出一幅黃昏清麗的美景，卻接著出人意表地道出自己爲長期纏綿病榻所苦。而其出遊遠望，映入眼簾的是澤蘭與芙蓉的初發繁茂。但在這樣一片充滿欣欣生意的景色中，詩人的心境並沒有因之振奮鼓舞起來，反而感傷時光的流逝與自己的老病，最後則以自己歸隱的心志惟有知音了解作結。是以，詩中景是美、是喜，而情卻是苦、是悲，這是「以樂景寫哀」。

到了謝朓，雖然有些詩亦與靈運相同，自然景物只是引發情志的橋樑，如〈晚登三山還望京邑〉：

> 灞涘望長安，河陽視京縣。白日麗飛甍，參差皆可見。餘霞散成綺，澄江靜如練。喧鳥覆春洲，雜英滿芳甸。去矣方滯淫，懷哉罷歡宴。佳期悵何許，淚下如流霰。有情知望鄉，誰能鬒不變。

其中對景物的描寫，僅是純粹美感經驗的流露，並沒有進一步表現作者的情思。但是有部分的詩自然景物已不再僅是情志的引子，或只是對其具有烘托、反襯的作用而已，它已更進一步，成爲表現情志的媒材，例如〈臨高臺〉：

> 千里常思歸，登臺瞻綺翼。纔見孤鳥還，未辨連山極。四面動清風，朝夜起寒色。誰知倦遊者，嗟此故鄉憶。

作者已有意識地運用景物來表現自己的思鄉之情。其首先明白道出思歸之意，然後以景截情，登高遠望，所見之景是孤鳥還巢，自己雖也欲歸故鄉，故鄉卻遠在千里之外，遙不可見，極目望去只有連綿不盡的山色而已。次言孤單寂寞的遊子特別容易感到早晚天候的寒涼，有誰知曉其厭倦羈旅、思念故鄉的心情？詩中的每一句寫景都和主題的表現有著密切關連，作者是依據表現的需要來選擇景物的刻劃的。中間兩聯景物的描寫和末聯抒情的關係不是分列的，而是疊合的，它不僅是末聯的引子，本身就是表現主題內容的一部分，至此，情與景間有了更緊密的結合。再以〈和別沈右率諸君〉爲例：

> 春夜別清樽，江潭復爲客。歎息東流水，如何故鄉陌。重樹日芬溫，芳洲轉如積。望望荊臺下，歸夢相思夕。

此詩爲朓任隨王文學赴荊前夕，和答沈約諸人餞別之作。首先點題，說明與友人餞別，將往荊州任職。以下便假想自己赴荊後的思鄉之情：看見東流的江水，便想到它會流經位於東方的故鄉，而在樹木、花草日漸繁茂的美景中，自己也無心欣賞，只有遠望當歸，夢回故里了。詩中的景物皆是很據情意表現的需要而設計出來的，爲表現主題的媒材。全詩景中含情、情中寓景，情、景已巧妙地合而爲一了。

而朓詩中一些特殊技巧的運用，也使得景與情間的關係更爲融洽密合，以〈暫使下都夜發新林至京邑贈西府同僚〉首四句爲例：

> 大江流日夜，客心悲未央。徒念關山近，終知返路長。……

作者用江水日夜的奔流不斷，來比喻自己內心悲愁的深廣不盡，這種以景喻情的方式，使得情因景顯，景以情深，二者相得益彰，靈運詩中便沒有這種技巧。而且「徒念關山近」寫的是實境，「終知返路長」則是作者心緒的反映，於是此四句的結構方式便爲「景──情──景──情」，這種以情截景，情景交錯的結構，也使得情、景間的關係密切融合，這在次序井然，情景分敘的靈運山水詩中也是難見的。又如〈奉和隨王殿下、其十四〉的末二聯：

> ……想折中園草，共知千里情。行雲故鄉色，贈子一離聲。

亦是一景一情的結構方式。而「行雲故鄉色」一句則巧妙地將景物與情思合而爲一，是景中含情的極佳例句。且「行雲」和「故鄉色」之間並沒有連接詞將二者限制在一個確定的關係上，由於這種語法的不完整而顯出了某種意義上的朦朧含混，給人更多想像的空間，因而也就更具美感和情味。我們或許可以在二者間加上一個「如」字形成比喻的關係，而在當句內形成以景喻情的結構，但詩意並不會僅限於此，李白的名句「浮雲遊子意，落日故人情」〔註13〕即和此有異曲同

〔註13〕李白〈送友人〉。

工之妙。

到了唐代，有些山水詩純粹只有景物的描寫，沒有任何抒情說理的句子在內，但其卻能自成一完美深遠的境界，而使作者的情懷胸次藉之呈現：

> 空山不見人，但聞人語響。返景入深林，復照青苔上。（王維〈鹿柴〉）
>
> 荊溪白石出，天寒紅葉稀。山路元無雨，空翠濕人衣。（王維〈山中〉）
>
> 晴川帶長薄，車馬去閒閒。流水如有意，暮禽相與還。荒城臨古渡，落日滿秋山。迢遞嵩高下，歸來且閉關。（王維〈歸嵩山作〉）
>
> 蒼蒼竹林等，杳查鐘聲晚。荷笠帶斜陽，青山獨歸遠。（劉長卿〈送靈澈上人〉）
>
> 空洲夕煙斂，望月秋江裏。歷歷沙上人，月中孤渡水。（劉長卿〈江中對月〉）

至此，可謂臻於以景達情的極致，情與景已是一而二，二而一了。

由以上可知，大謝典型的山水詩是觸物起情、情景分敘，景物並非表現情志的媒材，因而康樂筆下的山水予人一種客觀、冷靜的印象；相對之下，小謝則已能索物托情、以景寫情，使情、景有了更進一步的結合，故玄暉詩作予人一種山水有情的感受。到了唐代，純粹以景塑境達意的詩歌形成後，情便完全融於景中，二者也就眞正合爲一體了。本文探討二謝詩中情與景的構成關係，也試著爲山水詩情、景間關係的演進找出一條道路。

第七章　結　論

六朝是個十分重視門第的時代，個人的一切都與家族息息相關，文學之創作因而也與家族脫不了關係。陳郡謝氏於南渡之初本無特殊的社會地位，甚至常被一些漢魏舊姓輕視，經過謝尙、謝安等的努力，位望才漸漸通顯。直至淝水之戰，謝安、謝玄等以寡擊眾，大敗苻堅號稱百萬的大軍，使東晉政權得以在江東延續，立下微管之功，謝氏之勢力才臻於鼎盛，此後一直對東晉政權有著舉足輕重的影響。謝靈運與謝朓同爲陳郡陽夏謝氏家族的族人，其門第之顯赫自然受人注目，然而自東晉末年、尤其是劉宋繼立以來，此一情況卻有了改變，由於政治動亂及社會結構之改變，世族已日漸邁入衰微之途。

宋武帝劉裕出身布衣，有鑑於東晉政權爲世家大族所把持，王威不彰，因此在篡位之後，便褫奪大族的兵權，採取壓抑政策，機要之務則多任用王室或寒素，世族在政治上的影響力自此日益衰頹，世族子弟如謝氏者，雖仍享有官爵，卻多屬閒差之職，朝廷有意架空之勢實招然若揭。靈運處此家族盛衰交替之際，承受著家族甚至於世族既有的榮耀，卻時不我予，有志難伸，心中自然感慨萬千。到了齊代，謝氏更加衰微，玄暉甚至娶平民出身的王敬則之女爲妻，只因王敬則握有兵權，是實際上具有權力之人。

處此政治影響力衰頹的時勢下，世家大族的社會地位並沒有在一夕之間瓦解，劉宋雖取得了政治上之權力，卻仍須藉助世族之冠冕，以提昇其社會之影響力，因爲世族仍受到社會相當之尊崇。這種尊榮，除來自昔日顯赫的政治權位以外，更在於良好的家風與家學。陳郡謝氏的家風以重孝弟、重謙退等爲主，並重禮法與恩情的培養，其精神基本上是儒家的。然在門第中人憂時畏禍、顧家全族的心態下，又摻有道家靜默謙退的思想。此時世族盡忠君國的價值觀往往爲保家全身的意念所取代，對國家的責任感也相對地淪喪，更爲受到重視與凸顯的反而是家族一體的感受。

當時一切的文化活動，如經學、史學、玄學、文學、以及琴棋書畫等幾乎都與世族有關。世族所以具有良好的學養主要來自於家學的傳承，而家學則隨著世族本身的發展而各有所長。陳郡謝氏以文學與音樂兩方面最爲突出，其詩文之盛尤冠於各族，謝氏文才之多，爲江東第一，二謝文采横溢，顯然有其家學之淵源。文學因而成了謝氏族人抒發家族情感與個人情志最重要的媒材之一。

謝靈運與謝脁詩中會不時出現諸如「仕與隱的矛盾」、「儒道並蓄的政治理念」、以及「歎逝的情懷」等共同的情思，也就不足爲奇。出仕以求淑世本是中國傳統文人既有的理想，然而現實的無情往往使得士人無法實現政治上的抱負，因而便會興起歸隱的念頭。歸隱所象徵的與世無爭、逍遙自由，往往成了士人面對政治不如意時想像中理想的歸宿。但是，歸隱畢竟是不得已的、是暫時的，對於士人來說，政治上的顯達方是其眞正的願望，因此，在仕與隱的矛盾中徘徊，也就成了他們心中揮之不去的深層情結。大小謝同處世族日益衰微的境況下，對此種尷尬之處境自然容易有深刻之體會，仕與隱的矛盾作爲兩謝詩歌中重要的共同情思之一，即呈現了如此的意涵。

劉宋以後，世族子弟多無實權，且當時道家思想盛行，社會風尚以隱逸爲高，因此多有歸隱之士。即使不能歸隱者，亦以不理政務爲尙，勤於政事者反而成了譏諷的對象。然而，此種表面上所刻意營造出來的垂拱而治的景象，其實潛藏著深層的無奈，儒家出仕並進而淑世之主張方才是世族子弟眞正之理想。因此，當兩謝看到人民生活困苦的狀況時，自然便興起應該勤於政事，以改善民眾生活的想法。事實上，儒、道一直是傳統士人賴以安身立命的兩種思想，無論是政治上或生活上，他們都出入兩者之間，絕少有人是純粹道家或純粹儒家。因此，在道盛儒衰的情形下，兩謝詩中仍不時會流露出濃厚的儒者情懷！這種透過詩的語言所揭露出的政治理念，一如仕與隱的矛盾，都可說是世族集體心聲的具體反映。

東漢末年以來，歎逝便成爲詩歌中常見的主題，戰亂的頻仍、疾疫的流行，以及人命的朝不保夕，在在促成了人們對於人生意義與價值的探究。此種強調性命短暫、人生無常的悲歎之情，到了宋齊之際，因世族地位的衰微而有了新的面貌，歎逝的情懷於焉沾染了一份對家族、乃至於世族集體命運的欷噓之情。大小謝詩作中歎逝情懷的出現，一如仕與隱的矛盾以及儒道並蓄的政治理念等，皆反映了家道中落的陰影。

然而，大小謝的詩作中雖有如此共通之情思，但仍具有其他相當獨特的內容。兩者在面對著家族共同的處境、在承繼著世族的一體命運時，雖同樣有著休戚與共的感受，卻往往會有不同的因應之道。此種差異，直接或間接地影響了兩者創作之風格，而欲瞭解此種差異與獨特性之所以產生，便必須進一步深入兩者個性、經歷以及交遊之探討。

靈運由於本是劉裕手下叛將劉毅的幕僚，加上個人張狂任性的行徑，一直不得志於劉宋朝廷，因此內心充滿了不平與怨憤。他一生三度出仕，二次歸隱，最後釀成棄市於廣州的悲劇。根據史傳所載，可歸納出其具有任性縱情、恃才傲物、標新立異以及自我中心的性格特質。而與他交遊者主要包括了僧人、隱士與輕薄的文人，在這些人身上，我們不難發現靈運心靈與行爲的某些面向。然而，表面上放任不拘的性格、以及孤獨高傲的行徑所掩藏的，其實是一種對政治黑暗、以及命運現實不願妥協的精神，靈運所交遊者對世事所採取的即多半是一種疏離甚至於捨離的態度，僧人、隱士如此，即連輕薄的文人亦不例外，輕薄的言行，顯現的是一種對既成秩序的挑戰。故對靈運來說，歸隱是一種不得以的疏離，是一種對世族衰微下家族、乃至於己身命運的深沈抗議。

詩歌創作可說是靈運生活中極爲重要的部份，自然反映了如此深刻的意涵，此尤可從大謝詩作中所特具的情思一窺端倪，巉削繁富的景物意象，顯現的正是靈運縱情山水時旺盛的生命力與傲岸不羈的神氣。然而，靈運固然意氣昂揚、也時時展現著率性，但生命中卻始終潛藏著理想未能實現的不圓滿性，心理的深層意識中亦總是積蘊著懷才不遇的缺憾感，故其雖不乏交遊，詩中卻常顯露出極度的孤獨感。在此情況下，諸如渴慕知音、期望生於明主賢君之世、以及感慨自身無緣恭逢家族盛世以一展長才等獨特的情思，自然會不時地出現在靈運的詩篇之中，成了大謝詩作內容的重要特色。此外，靈運詩中多用玄言結尾，且屢有遊仙、佛理之思，期盼的莫不是希冀藉由老、莊玄理、遊仙思想和佛理境界，而能超脫凡俗，進入另一個不同於現實的快樂無憂世界。然而他也清楚地了解，神仙故事只不過是一種渺不可期的傳說，老莊、佛理對他來說，也僅止於知識層面的認知而已，終究未能內化成爲個人的信念涵養，是故靈運始終無法自現實的痛苦中脫離，進入自身所嚮往的世界。

相較於靈運面對命運的不妥協性格，玄暉顯然少了那份豪情，也少見有我行我素、標新立異的舉動。其早年雖曾得志，見寵於隨王子隆，但卻受到王秀之的讒謗。後來不僅目睹了蕭齊王室的血腥鬥爭，並且身陷於政爭漩渦之中，故時有避禍之念，詩中亦因而常有隱遁之思。然而朓卻不似靈運，其自仕進以來雖不乏山林之思，卻從不見任何具體行動。逃避畏縮、矛盾不安、和善愛才、文敏善謔可說是其性格之特色，個性的軟弱，心中的憂懼惶惑，使其成了一個官場中的委曲求全者。與其交遊者亦不見僧人與隱士，而清一色俱屬文采絕倫者。面對著現實的黑暗殘酷，玄暉縱有微詞，終究缺乏與之抗衡的勇氣，左支右絀的避禍行止於是成了處世之一貫態度，歸隱也成了聊勝於無、自我安慰的遁詞。

因而朓的詩作中常常流露出一種不安全感，柔弱纖細的性格表現無遺。這種不安全感，包含對生命安危有所憂慮的「危懼感」，以及詠物詩裡所反映出的對失去寵愛或無人憐愛的恐懼及漂泊不定的擔憂。離情別緒的描寫，亦常見於朓的詩作之中，然其畢竟是官場中人，因此，出現在某些詩作中的濃郁情思只不過是應酬之詞令罷了。朓雖時時刻刻充滿了憂懼感、雖一直辛苦地在尋求個人安全的立足點，然卻未能如願，文人性喜戲謔的特質，使其仍不免得罪了政敵，終於招致殺身之禍，徒留清美婉麗的詩篇，見證著憂懼不安的人生經歷與性格，令人欷噓不已！

總而言之，面對著家族與世族衰微之整體命運，靈運與玄暉雖有著共同的情思，然兩者特殊的個性、經歷與交遊，卻也使其在詩歌創作的內容上，終能發展出各自的特色:靈運的放任不拘、縱情抗議使其詩多呈現出一種孤高而渴慕知音的孤獨感；玄暉的遇事不前、瑟縮懦弱，則使其詩處處流露出一種憂懼不安的驚惶感。只是，兩謝詩歌雖各有特色，有各自之表現重點，卻都不免會受到既有文學傳統或當代詩風之影響，此尤以形式上所受之影響爲然。大小謝分處於宋齊二朝，正當南朝唯美文學盛行之際，兩者創作在形式上，不免會感染了如此的風氣。是以，用典、對偶、句眼、重覆字、乃至於聲韻等技巧無不成爲兩人詩作所講究者。

首言用典；南朝詩人上承太康豔麗詩風，日趨喜愛使用典故，大小謝處此脈絡，詩中自常見用典之痕跡。且二人出身高門，自幼飽讀詩書，於寫作時自易徵引故實。兩人雖常引用楚辭及詩經，然引用之方式卻大不相同。靈運之特別偏愛楚辭，顯然有感於屈原在政治現實中，類同於己身懷才不遇之命運。這種對政治黑暗的悲憤，使靈運在運用詩經典故時，往往不脫政治聯想。而由於靈運引用典故時，通常只對原有句子做些微更動，因而予人較爲板拙的印象。相較之下，謝朓用典卻無襲沓之跡，詩經典故也不限於政治，且出現以之寫景的情況，因而形成了一種玄妙靈動之意象。

兩謝亦喜愛以史傳人物入典。諸如司馬相如、汲黯、尙長與邴曼容等象徵了隱居悠遊及清靜無爲的人物爲兩謝詩中常用的典故。值得注意的是，大謝由於受到東晉玄言詩之影響，詩末常以玄理作結，因此詩中周易、老、莊等三玄典故特多；反之，玄暉詩中此類典故則甚爲少見。無論如何，兩謝對家族之情感是不可抹滅的，功績美德與祖父相當的魯仲連爲靈運偏愛引用之典故；謝朓作詩時亦常模仿靈運，此模仿有時甚至於不限字句、而及於康樂式情調之模擬，由此不難一窺玄暉對靈運文采的孺慕之情。可見，家族榮耀的消逝，常是他們內心深以爲憾的根源！

次言對偶：中國文字單音、方塊形體的特性，特別適於講對偶，西晉時代，對偶的使用雖已十分可觀，然而偶句之大量使用，卻是到了靈運時方才確立的。經過靈運的努力，對偶成了一種精緻的藝術，玄暉亦沿襲了此種特色。數字相對、色彩相對、疊字相對以及雙聲疊韻字相對的比例極高，可說是二謝詩歌中對偶常出現的共同特殊現象。數字相對，有助於營造出一種巧妙的感覺及宏偉的氣勢；色彩相對則易於形塑繽紛綺麗的世界；對偶中使用疊字及雙聲疊韻字，除使詩歌具有玲瓏鏗鏘的音韻美，誦讀起來具有輕快流暢的感覺外，更增添了一份工巧的匠心。

再言句眼及重覆複字：除了喜用典故、注重對偶外，二謝均重視鍊字，尤其是詩中動詞的選擇，更是煞費苦心，常由變化其他詞性而來，或使用擬人法，務使其新穎警策，而成爲詩句中的關鍵字，能夠增加詩之意涵與美感，即所謂「句眼」。此外，重覆字亦是兩人常用之技巧，除增加了詩歌的韻味與情味外，並造成了生動流利或迴環往復的效果。

最後則言聲韻：大小謝之作品雖同屬南朝唯美文學，然而創作體例仍各有特色，分屬於元嘉與永明詩風之主要代表者，而元嘉體與永明體的主要不同，即主要表現在聲韻的使用之上。自魏晉以來聲韻學的濫觴，以及宋齊以來佛經轉讀反切之學的興起，在在使得詩人創作受到了影響，到了永明時期，詩人對聲律之嚴格講求，如沈約的「四聲八病」之說，使南朝唯美文學臻於極至。玄暉身處聲律說盛行的永明時代，其五言詩之創作，不論在用韻或協律上，顯然都較大謝來得嚴謹，且更爲接近近體詩的格式。

山水詩是二謝在文學上的重大成就。以謝朓本色之山水詩與靈運相比，除可看出山水詩在演進過程上的一些轉變痕跡外，亦可印證兩者對世族共同命運的深刻感受，以及兩者因個性與經歷等不同而對時勢產生的特殊反應。山水詩實可謂是大小謝生平世界的具體反映。

靈運的縱情山水只是政治現實挫折下暫時性的不得不然，在仕途上飛黃騰達，方是其眞正的願望。靈運之不理政事、乃至於以實際行動歸隱山林於焉增添了一種無言抗議的深刻意涵。是以，靈運面對著山水景物慨然而發的詩歌吟唱，自然潛藏了一種懷才不遇、不肯屈從流俗的孤高情懷，特立不群的性情在此爲詩歌本身增添了一種近乎悲劇的美感。山水，於是成了靈運投射自身理想、異議現實的不平靜之地。反觀謝朓，山水逍遙之遊雖亦其心目中所深深嚮往者，然面對著政治之黑暗，謝朓終究無能跳出漩渦之外，歸隱山林。其雖亦有山水之遊，卻少了靈運抗議世事的意涵，而是現實官場生活中，偶爾一抒出世之思的慰藉之舉。山水於是成了登高望遠、逃避現實之所在，清美婉麗的詩歌風貌，不僅呈現出了玄暉面對著自然山川之際，敏感觸發的有情世界，同時也暗喻了詩人柔荏的性格。

二謝各自藉著詩歌創作所形塑出的山水特色，首先展現在詩題、結構與情感呈現幾方面：就詩題而言，靈運顯然較富創意，常見散文之趣與古樸之味。靈運多尋幽探勝、遊覽賞玩之作。由於多採用長篇，其詩善於描述遊賞之樂趣或艱辛，以詩人爲主體的描述方式，連續強調了詩人所做的每個動作，不僅使作者個人的形象、意識時時突顯於山水美景之間，亦使得山水景物不再給人一種靜止的感覺，而是隨著詩人的躍動而躍動，表現出一種快速的節奏感和動感。故靈運之詩充滿了自信的鮮活生命力，以及縱情任性的豪氣。反觀小謝之詩，則較具靜態美，詩人常是自然美景的旁觀者，強調的是觀賞之樂，而非遊玩之趣，詩題因而多是登高望遠之製。這種旁觀而不涉入的心態，不僅暗喻了對隱逸可望而不可即的心態，也反映了面對世事時畏縮逃避、懦弱不前的觀望景況。

就結構而言，靈運之詩大抵以「記遊──寫景──興情──悟理」爲基本結構，此外，有些詩則是以名理、寫景或敘事發端，再緊接以此種結構的。玄暉詩則以「遠望──寫景──抒情」和「寫景──抒情」兩種模式爲主。而二人之詩皆有部分不在上述結構之中，但靈運比例較小，玄暉則大得多，故小謝詩較爲靈活而不板滯。就情感的呈現而言，大謝是以低調的方式來處理自己的情感的，「隱（山水）──顯──隱（名理）」的呈現方式雖刻意地將情感隱藏於山水和名理之中，卻反而激盪出一種苦澀之情，使人覺得饒有餘味；相較之下，玄暉常有意地將景物與情感聯繫起來，或是在詩中作情緒化的發洩。其對情感的表現雖是一種積極的方式，但總覺得不及靈運深刻，缺少那種迷悶苦深、幽憤落拓之氣。

其次，景物之描寫，亦是兩謝山水詩獨特風貌得以形成的重要因素：玄暉寫遠景時多以迷濛寫意筆法爲之，寫近景時則刻劃極其細膩，此爲小謝寫景的特殊手法。加以玄暉喜用「陰」、「影」、「曖」、「綺」等字，詩歌整體的意象較靈運柔和。又屢用「紛」、「雜」、「亂」、「參差」等字，故詩中充滿了繽紛錯落的美感。此外，玄暉亦善用比喻手法描寫景物，這是靈運詩中所沒有的技巧。一般說來，靈運筆下的山水是雄奇險仄的，像濃墨重彩、線條分明的油畫，呈現的是對命運不服輸的寫照；玄暉筆下的山水則是蕭疏曠遠或綺麗柔媚的，像寫意的水彩畫或精巧的工筆畫，暗示了小謝纖細柔弱的性格。

最後，則言及兩謝山水詩中情景關係的處理：情、景可說是構成詩歌最重要的兩個因素，情景交融更是中國古典詩歌的審美理想，此種景與情的關係，在山水詩中尤佔有重要的地位。大謝典型的山水詩是觸物起情、情景分敘，景物並非表現情志的媒介，因此，令人產生了靈運筆下的山水是不著情感、冷靜客觀的印象。相較下小謝則已能索物托情、以景寫情，使情景有了更進一步的結合，個人之情思意緒於焉瀰漫了小謝的山水之間，可說是唐代純粹以景塑境達意、情完全融於景中之自然詩歌的先驅。

總而言之，詩歌是時代精神的反映，六朝原是個階級分明的時代，個人的成就幾與門戶出身息息相關，是以吾人不難在同屬世族漸趨衰頹時代的靈運與玄暉詩作中尋得類似反映的心聲。然而，詩歌亦是個體生平世界的展現，是以，兩謝在詩情、內容以及風格等方面自有其獨特之處。此外，詩人畢竟仍是文學傳統中的一份子，其創作形式必然牽涉了對既有傳統之選擇與吸收，也必定會受到當代文風之影響。藉由對政治社會變遷中家族與世族地位及文化特質的分析，以及大小謝個性、經歷與交遊的瞭解，並佐以傳統及當代文風在形式上對其之影響，吾人終得以初步地釐清二謝詩歌創作的複雜性，這無疑正是本文所欲比較與研究的主要目的。

參考書目舉要

一、專　書

1. 《謝康樂詩註》，黃節（藝文印書館，民國 76 年）。
2. 《謝靈運集校注》，顧紹柏（中州古籍出版社，西元 1987 年）。
3. 《謝宣城詩注（附謝朓詩研究）》，李直方（香港萬有圖書公司，西元 1968 年）。
4. 《謝宣城集校注》，洪順隆（台灣中華書局，民國 58 年）。
5. 《謝宣城詩注》，郝立權（藝文印書館，民國 65 年）。
6. 《謝宣城集校注》，曹融南（上海古籍出版社，西元 1991 年）。
7. 《先秦漢魏晉南北朝詩》，逯欽立（木鐸出版社，民國 77 年）。
8. 《全上古三代秦漢三國六朝文》，嚴可均（世界書局，民國 71 年）。
9. 《增補六臣注文選》，蕭統編、李善等注（漢京文化事業有限公司，民民國 72 年）。
10. 《文心雕龍注》，范文瀾（台灣開明書店，民國 74 年）。
11. 《詩品校注》，楊祖聿（文史哲出版社，民國 70 年）。
12. 《世說新語箋疏》，余嘉錫（華正書局，民國 78 年）。
13. 《校正宋本廣韻》，陳彭年等重修（藝文印書館，民國 75 年）。
14. 《清詩話》，丁福保編（明倫出版社，不著）。
15. 《百種詩話類編》，台師靜農編（台北藝文印書館，民國 63 年）。
16. 《古詩評選（船山遺書全集、十）》，王夫之（中國船山學會、自由出版社聯合印行，民國 61 年）。
17. 《兩漢魏晉南北朝文學批評資料彙編》，柯師慶明、曾師永義編輯（成文出版社，民國67年）。

18. 《三國志》，陳壽（鼎文書局，民民國72年）。
19. 《晉書》，房玄齡等（鼎文書局，民國79年）。
20. 《宋書》，沈約（鼎文書局，民國79年）。
21. 《南齊書》，蕭子顯（鼎文書局，民國79年）。
22. 《梁書》，姚思廉（鼎文書局，民國79年）。
23. 《陳書》，姚思廉（鼎文書局，民國79年）。
24. 《南史》，李延壽（鼎文書局，民國74年）。
25. 《魏晉南北朝史》，呂思勉（台灣開明書店，民民國72年）。
26. 《魏晉南北朝史》，王仲犖（谷風出版社，民國76年）。
27. 《魏晉南北朝史》，林瑞翰（五南圖書公司，民國79年）。
28. 《魏晉南北朝史論拾遺》，唐長孺（共收論文十四編，讀史釋詞八篇，1958～1982，台北某書商（未署名）影印本）。
29. 《兩晉南北朝世族政治之研究》，毛漢光（中國學術著作獎助委員會，民國55年）。
30. 《王謝世家之興衰》，孫以秀（撰者自刊本，民國56年）。
31. 《中古門第論集》，何啓民（學生書局，民國71年）。
32. 《五朝門第》，王伊同（香港中文大學出版社，西元1987年）。
33. 《兩晉南朝的世族》，蘇紹興（聯經出版事業公司，民國76年）。
34. 《東晉門閥政治》，田余慶（北京大學出版社，西元1989年）。
35. 《放達不羈的世族》，王曉毅（文津出版社，民國79年）。
36. 《中國文學史》，葉師慶炳（學生書局，民國76年）。
37. 《中國文學發達史》，劉大杰（香港古文書局，西元1973年）。
38. 《中國詩論史》，鈴木虎雄撰洪順隆譯（台灣商務印書館，民國68年）。
39. 《中國詩學——設計篇》，黃永武（巨流圖書公司，民國66年）。
40. 《中國詩學——鑑賞篇》，黃永武（巨流圖書公司，民國66年）。
41. 《中古文學史論》，王瑤（長安出版社，民國64年）。
42. 《魏晉風氣與六朝文學》，朱義雲（文史哲出版社，民國69年）。
43. 《六朝文論》，廖師蔚卿（聯經出版事業公司，民國74年）。
44. 《六朝詩論》，洪順隆（文津出版社，民國74年）。
45. 《謝靈運及其詩》，林師文月（台大文史叢刊之十七，民國54年）。

46. 《山水與古典》，林師文月（純文學出版社，民國 73 年）。
47. 《陶謝詩之比較研究》，沈振奇（學生書局，民國 75 年）。
48. 《中國山水詩研究》，王師國瓔（聯經出版事業公司，民國 75 年）。
49. 《美的歷程》，李澤厚，（元山書局，民國 75 年）。
50. 《山水與美學》，伍蠡甫編（丹青圖書有限公司，民國 76 年）。
51. 《美學散步》，宗白華（洪範書店，民國 76 年）。
52. 《談美》，朱光潛（國文天地雜誌社，民國 79 年）。
53. 《比興物色與情景交融》，蔡英俊（大安出版社，民國 75 年）。
54. 《神與物遊》，成復旺（商鼎文化出版社，民國 81 年）。
55. 《陶謝詩韻與廣韻之比較》，竺鳳來（政大中文所碩士論文，民國 57 年）。
56. 《大小謝詩研究》，林嵩山（政大中文所碩士論文，民國 63 年）。
57. 《謝靈運山水詩研究》，王來福（東海中文所碩士論文，民國 69 年）。
58. 《南朝詩研究》，王次澄（東吳中文所碩士論文，民國 71 年）。
59. 《謝玄暉詩研究》，郭德根（台大中文所碩士論文，民國 73 年）。
60. 《謝靈運詩用典考論》，李光哲（臺大中文所碩士論文，民國 76 年）。
61. 《六朝詩發展述論》，劉漢初（台大中文所博士論文，民民國 72 年）。
62. 《永明體之研究——以沈約文論及其作品爲主》，許東海（政大中文所博士論文，民國 80 年）。

二、單篇論文

1. 〈略論魏晉南北朝學術文化與當時門第之關係〉，錢穆，《新亞學報》五卷二期，1963 年 8 月。
2. 〈五朝軍權轉移及其對政局之影響〉，毛漢光，《中研院史語所集刊》第三十七本，1967 年 6 月。
3. 〈南朝大族的鼎盛與衰弱〉，武仙卿，《食貨半月刊》一卷十期，1935 年 10 月。
4. 〈南朝世族之社會地位與政治權力（上）、（下）〉，陶希聖，《食貨月刊》四卷八期、十一期，1974 年 11 月、1975 年 2 月。
5. 〈魏晉南北朝的貴族政治〉，薩孟武，《台大法學院社會科學論叢》第一輯，1941 年 4 月。
6. 〈魏晉南北朝的門第世族〉，李健民，《國家論壇》三卷十一期、十二期，1970 年 11 月、12 月。

7. 〈六朝律詩之形成（上）、（下）〉，高木正一著鄭清茂譯，《大陸雜誌》十三卷九期、十期，1956 年 11 月。
8. 〈由謝靈運詩與楚辭的關係看他的表現特色〉，鈴木敏雄著李紅譯，《世界華學季刊》三卷二期，1982 年 6 月。
9. 〈謝靈運詩研究〉，許文雨，《國風半月刊》二卷十一期，1933 年 6 月。
10. 〈謝靈運詩論〉，鄧仕樑，《華國》（四），1963 年 12 月。
11. 〈謝靈運與山水詩〉，李曰剛，《文風》（十五），1969 年 6 月。
12. 〈謝靈運詩賞析〉，孫克寬，《大陸雜誌》三十三卷十期，1966 年 11 月。
13. 〈謝靈運與山水詩起源〉，趙昌平，《中國社會科學》1990 年四期，1990 年 4 月。
14. 〈論謝靈運山水文學的創作經驗〉，周勛初，《文學遺產》1989 年五期，1989 年五月。
15. 〈謝靈運《辨宗論》和山水詩〉，錢志熙，《北京大學學報》（哲社版）1989 年五期，1989 年五月。
16. 〈佛教與謝靈運及其詩〉，齊文榜，《文學遺產》1988 年二期，1988 年 2 月。
17. 〈山水詩人謝玄暉〉，方祖燊，《新時代》十一卷十期，1971 年 10 月。
18. 〈謝朓年譜〉，伍叔儻，《小說月刊》第十七卷（號外），1927 年 6 月。
19. 〈謝朓詩與唐風問題的研究〉，李直方，《人生》三十一卷十一期，1967 年 3 月。
20. 〈謝朓其人其詩〉，慕梵，《今日中國》（二十六），1973 年 6 月。
21. 〈謝朓詩論〉，井波律子，《中國文學報》第三十冊，1979 年 4 月。
22. 〈大小謝詩命題與謀篇之讀論〉，林嵩山，《大漢學報》（四），1983 年 6 月。
23. 〈晉末宋初的山水詩與山水畫〉，廖師蔚卿，《大陸雜誌》四卷四期，1952 年 2 月。
24. 〈從文學現象與文學思想的關係談六朝「巧構形似之言」的詩（上）、（下）〉，廖師蔚卿，《中外文學》三卷七期、八期，1974 年 12 月、1975 年一月。
25. 〈聲律論的發生和發展及其在中國文學史上的影響〉，管雄，《古代文學理論研究》第六輯，1982 年九月。
26. 〈永明體與詩的聲律之美〉，郁沅，《古代文學理論研究》第十一輯，

1986 年 8 月。
27. 〈情景交融與山水文學〉，王可平，《古代文學理論研究》第十一輯，1986 年 8 月。
28. 〈古代山水詩和它的藝術論〉，錢仲聯，《文藝理論研究》1981 年二期，1981 年 2 月。
29. 〈論意境〉，袁行霈，《文學評論》1980 年四期，1980 年 4 月。
30. 〈中國古典詩歌的意象〉，袁行霈，《文學遺產》1983 年四期，1983 年 4 月。
31. 〈明理、圖貌、傳神、寫心〉，張大新，《文學評論》1992 年二期，1992 年 2 月。
32. 〈中國古代藝術觀照方式論——「心物交融」說〉，祁志祥，《文藝理論研究》1990 年六期，1990 年 6 月。
33. 〈論詩的情景關係的構成〉，南帆，《文藝理論研究》1984 年二期，1984 年 2 月。
34. 〈走向情景交融的歷史進程〉，蔣寅，《文學評論》1991 年第一期，1991 年 1 月。
35. 〈論情景交融〉，黃維樑，《幼獅文藝》四十三卷五期，1976 年 5 月。